T0015507

TESIS SOBRE UNA DOMESTICACIÓN

colección andanzas

CAMILA SOSA VILLADA
TESIS SOBRE UNA DOMESTICACIÓN

Obra editada en colaboración con Editorial Planeta – Argentina

Portada: Damián Smajo

Bajo el sello editorial TUSQUETS M.R.
Avenida Presidente Masarik núm. 111,
Piso 2, Polanco V Sección, Miguel Hidalgo
C.P. 11560, Ciudad de México
www.planetadelibros.com.mx

Primera edición impresa en Argentina: septiembre de 2023
ISBN: 978-987-670-769-5

Primera edición impresa en México: octubre de 2023
ISBN: 978-607-39-0685-2

Impreso en los talleres de Impregráfica Digital, S.A. de C.V.
Av. Coyoacán 100-D, Valle Norte, Benito Juárez
Ciudad De Mexico, C.P. 03103
Impreso en México - *Printed in Mexico*

Prólogo
Humanas y divinas

Qué injusto es generalizar, pero qué complicadas son las actrices. Así, directamente, en femenino del plural. No es menos cierto que también son vulnerables, desde ese lugar que te otorga la sobreexposición y el vivir en un continuo exorcismo de entrar y salir de distintos personajes. Hay incluso algunas que llegan a creérselos, devoradas por su ficción, en una batalla en la que la realidad y el engaño acaban dándose la mano.

Camila es consciente de todo ello y sabe que el alma de una actriz vale por dos, a veces incluso por tres. Y el alma de una travesti también. Conviven en un baile de incoherencias, debilidades y virtudes, que por un momento las hace más humanas que al resto de los mortales. Ella lo sabe. O lo ha vivido. No renuncia a plasmar la fragilidad de esa actriz a la que libremente pones cara, pero tampoco rehúye demostrar sus miserias, esas mismas que la bajan de un escenario para convertirla en hermana, amiga o madre.

Hace algún tiempo un reconocido y galardonado actor español me comentó que hay dos tipos de actrices. Sí, a esa increíble multitud era capaz de dividirla en dos tipos. Las actrices con perro y las actrices que son madres. Comenzamos a poner ejemplos de unas y de otras hasta cerciorarme de que su teoría era absolutamente cierta. No importa en qué lugar del mundo se encuentren ni en qué subgénero estén especializadas. Valía para todas. Las de comedia, las de drama, las que hacen terror, las que trabajan sin cesar y las que llevan lustros aferradas al paro. Las de cine, teatro y televisión. Todas ellas se distinguen entre las que viven volcadas y permanentemente acompañadas por un perro (en general de tamaño pequeño y al que suelen llevar a los rodajes) o las que han centrado su alegría en la maternidad. Luego hay otros muchos pequeños detalles que las siguen diferenciando y que encajan en ellas cual ecuación perfecta. Voy a tener el detalle de no desvelarles a qué grupo pertenece la protagonista, pero sin duda está bien ubicada, corroborando una vez más tan magnífica teoría. Y una vez más, la autora lo sabe. Quizás desde el inconsciente, o no, pero sabe que hay actrices de un tipo y actrices del otro.

Y cuando una es actriz, es actriz toda su vida. Aunque el teléfono lleve quince años sin sonar, aunque no tenga agente y el último autógrafo lo haya firmado en año bisiesto. No importa, lo será hasta que se muera, porque en vida habrá aplicado todo aquello con lo que ha convivido. Empezando por la mentira. Las actrices saben lidiar con la hostilidad, con la euforia, con el glamur falso y el verdadero. Manejan el cinismo, la paciencia y la memoria. Elementos cruciales en la supervivencia de cualquier ser humano, que ellas saben incorporar de manera natural en la rutina diaria, como si de un rodaje eterno se tratase.

Imagino que a Camila y a mí nos une la pasión por las actrices, por lo que tienen de travestis. Es tan delgada la línea que las separa que casi podrían ser lo mismo. El artificio como el mayor vehículo de la verdad, el orgullo como fiel acompañante y la resiliencia como si de un trozo de la piel se tratase. Elementos y situaciones de las que no nos podemos desprender, porque las lecciones bien aprendidas son para siempre. Incluso las actrices forman también sus familias elegidas, donde poco importa la sangre frente a las maestras, madres y hermanas de la vida. Siempre ha habido jerarquías, entre las guapas y las feas, las insípidas y las graciosas, las astutas y las que jamás supieron ahorrar, las precavidas y las peligrosas, las complacientes y las complicadas. Travestis y actrices unidas por un mismo patrón. Y qué les voy a contar de las rivalidades. Idénticas hasta en eso. Tanto unas como otras saben perfectamente lo que sería encabezar un *remake* de *Furia de titanes*. Por no hablar de las leyendas, en el sentido más fabulador de la palabra. La que dijo aquello, la que contestó lo otro, la que mató a un cliente, la que insultó a un espectador, la prófuga y la redimida. Hay mil historias que navegan entre la fantasía y la verdad, con el único motivo de que tanto actrices como travestis sabemos que la realidad está sobrevalorada.

Y las actrices, al igual que nosotras y que tú, también tienen un pasado. No nacieron actrices, se hicieron por el camino a base de un montón de circunstancias que desean olvidar. Se construyeron a sí mismas, como si de una inyección de hormonas se tratase, como si fueran capaces por sí solas de moldear la silicona. Y a veces solo recurren a su pasado como ejercicio de interpretación, para conseguir sacar unas lágrimas, acudiendo a aquel recuerdo desdibujado, a ese trauma infantil, a ese momento de abuso o a esa mentira con la que siguen conviviendo. Un cúmulo de frustraciones y de anhelos trasnochados que hubieran hecho las delicias de Sigmund Freud.

Y luego está la actriz de teatro, una especie aparte, y diría incluso que casi en extinción. El teatro es sacrificado, requiere constancia y adaptarse bien a la rutina. Están las que llegan a él con resignación, aceptándolo como algo en lo que están de paso, anhelando que una serie o una película las saque de ahí. Y luego están las que lo abrazan con intensidad, esas que crecen con el aplauso del público, las que lo sienten como un lugar definitivo. *Categoría* es para ellas la palabra que mejor las define. *Lleno absoluto*, *localidades agotadas* y *no hay entradas* son frases que viven como la mayor de las victorias, el éxito traducido en cifras. La gente viene a verte a ti. A ti. Hay quienes repiten una y otra vez. Es el primer paso para convertirse en una dama del teatro, un galardón simbólico que no caduca y nadie te arrebata, la expresión definitiva del éxito personal, de ser una actriz superior. Un estatus en el que el paso del tiempo incluso te revaloriza, aunque estés luchando contra él. A golpe de escenario, día tras día, con admiradores que esperan fuera al terminar la función para obtener un autógrafo y la crítica alabando cualquier obra que hagas, por ridícula que sea. Una actriz llega a ese punto cuando puede elegir lo que va a representar, por encima del director o el productor de turno, que se rendirán a sus impertinentes deseos, conscientes de que la taquilla revienta por ella. El texto ceñido a su antojo, revisitando al autor que más le apetezca, aunque lo destroce y lo haga salir de la tumba. Ella es la actriz, la dama del teatro, la inalcanzable, la que es capaz de hacerte sentir la persona más especial con la más falsa de las sonrisas. Porque, en definitiva, y una vez más sin querer generalizar, las actrices son divinas, pero también humanas.

VALERIA VEGAS

TESIS SOBRE UNA DOMESTICACIÓN

A una actriz no se la investiga. A una actriz se la inventa. Una actriz es sueño.

MARÍA FÉLIX

El autor propone a la actriz que abandone la ironía, la amargura y la expresión directa del subtexto de mujer destrozada. Se trata, simplemente, de una mujer muy enamorada, con pocos recursos intelectuales, que lucha hasta el final para arrancar al hombre una confesión sincera y para que, al menos, se salve así la memoria limpia del amor anterior.

La imagen continua que el autor desearía que se transmitiese al público es la de un animal herido que se desangra y que, al final, realmente inunda de sangre verdadera todo el espacio escénico.

JEAN COCTEAU, *La voz humana*

Érase una actriz

Una actriz.

Sola en un escenario.

En los palcos, en la platea, en el paraíso, el público que la mira.

Ninguna butaca vacía.

Vemos a las personas de clase media que pueden pagar una entrada para ir al teatro. Asfixia el perfume de las señoras, el olor a fijador que emana de los peinados rígidos como cascos. Los hombres se aferran a los apoyabrazos de sus asientos, incómodos y ansiosos por escapar, como si estuvieran ahí contra su voluntad. Alguien hace crujir el envoltorio de unos bombones que engulle sin masticar. Los más jóvenes permanecen atentos, relajados, la clase de chicos que van en ropa deportiva al teatro, un poco distantes de la costumbre de las viejas emperifolladas como en los tiempos de esplendor de la ópera.

El aire se corta con un cuchillo.

La escenografía imita una habitación que, si estuviera limpia, se vería como un elegante cuarto oloroso a pachulí y cremas de mujer, una construcción que recuerda a un departamento de los años cuarenta. Pero así, revuelto, da la impresión de un cuchitril sin clase, un aguantadero sucio y desordenado. Todo está patas para arriba, como si hubiera estallado una bomba o una perra enajenada hubiera destrozado el cuarto en ausencia de su dueña. Al fondo, una puerta estratégicamente abierta deja ver un baño con azulejos rojos y un espejo redondo. Los telones bordó contrastan con el edredón en blanco y negro que cubre la cama en el centro del espacio. La actriz rebota, se retuerce, se arrastra y trepa desde el suelo hasta la parrilla donde cuelgan las luces. Parece poseída. Representa a una mujer fuera de sí, a punto de volverse loca, o loca ya, que habla por teléfono con un hombre, desesperadamente, entre sollozos, ahogándose con el aire de su respiración. Es *La voz humana*, de Jean Cocteau. Las grandes actrices de la historia han hecho alguna vez esa obra. Incluso Humberto Tortonese la hizo en Argentina años atrás. Incluso Anna Magnani e Ingrid Bergman la actuaron para la cámara de Rossellini. Tilda Swinton protagonizó un corto de Pedro Almodóvar inspirado en *La voz humana*. También Carmen Maura en *La ley del deseo* actuó algunos fragmentos y rompió la escenografía con un hacha.

Nuestra actriz, la que ahora actúa sola, no podía ser menos. Quería hacer un monólogo como ese. Un gustito para darse, un asunto de prestigio, protagonizar *La voz humana* de Cocteau a esa altura de su carrera. Era un tipo de actriz que prestaba atención a detalles como ese: qué texto elegir, bajo las órdenes de qué director, junto a quiénes y por qué. Era el lujo que le obsequiaba el éxito. En tren de decir la verdad, sus comienzos anónimos fueron del mismo modo pero con menos dinero. Siempre hizo lo que quiso. Por eso protagoniza una obra escrita por Jean Cocteau cuando hay miles de dramaturgos que *se mueren* por escribir para ella. Pero la actriz rara vez piensa en sus caprichos. Los satisface. Solo necesitaba ese nombre junto al suyo en la marquesina. Protagonizada por tal y escrita por tal. Nada más.

La primera respuesta por parte de sus productores fue *no*. Habían ganado muchísimo dinero con esta actriz como cabeza de compañía, y aun así dijeron *no*. Su representante fue menos taxativo, pero le advirtió: "El público no se va a entusiasmar, es el peligro de una obra como esta". La palabra *demodé* se repitió en las charlas para convencerla de renunciar al caprichito de *La voz humana*. Argumentaban que los derechos eran muy caros, que en tiempos de feminismo ya no tenían lugar las heroínas de ese tipo, que la crítica iba a destrozarla por vetusta.

—Es una vieja loca que se pasa angustiada toda la obra. Qué dirían las feministas.

—La gente ya no se interesa por los melodramas.

—Salvo por los de Puig. A Puig lo quieren los argentinos. ¿Por qué no una de Puig? ¿Por qué no algo menos francés, menos retorcido?

Le propusieron mil alternativas. Las refutaciones eran interminables.

Pero no, no pudieron hacerla remitir.

Buscó al dueño de un teatro con capacidad para ochocientas personas en el centro de la ciudad y lo convenció de reservarle todo un año de funciones. Convocó a una escenógrafa que cotizaba en bolsa, como quien dice, apalabró a una vestuarista que había pasado sus últimos años trabajando en Broadway y renunció a dos proyectos de películas que la tenían como protagonista. Envidiables contratos. Luego, en una jugada magistral, convocó a un director que había dirigido los éxitos de taquilla y crítica más importantes de Latinoamérica y trabajado con las mejores actrices. Un director que le garantizaba, al menos, una temporada de tres o cuatro meses a sala llena. Un tipo guapo, llevando lo mejor posible la madurez, que las tenía locas a todas. Lo sedujo, lo envolvió en su perfume y su maldad, y terminó convenciéndolo de dirigirla mientras lo cogía en el baño de un avión que iba de Panamá a Guadalajara. Todo esto sin que sus productores y su representante se enterasen.

Fue hasta las últimas consecuencias y decidió invertir su modesta fortuna en la empresa, su ruta de Indias. Podía perder los ahorros de muchos años de autoexplotación y no le importaba. Si gustaba o no, si fracasaba o no, era lo de menos. Lo sublime era tener tiempo para protagonizar *La voz humana* de Jean Cocteau siendo relativamente joven todavía, pero madura escénicamente. Lo sublime era no hacer la obra para pagar el alquiler o el colegio de su hijo, sino porque se le antojaba.

Iba a hacerla con sus productores o sin ellos.

Y la hizo con y a pesar de ellos.

Ahora está aquí por segundo año consecutivo, cada vez más rica, hechizando a la audiencia con un amplio registro de voz, una resistencia de atleta, lágrimas de verdad hechas en la tristeza, un cuerpo fino como el de un galgo y una disposición total a creer que Jean Cocteau ha escrito esa obra para ella.

En la trama, la protagonista habla por teléfono con un hombre del que se separó recientemente y que representa su única felicidad. Es una mujer ordinaria, sin ningún brillo, apenas una mentirosa desesperada dando manotazos de ahogada. Es más, una mujer ordinaria y mentirosa que espera una llamada telefónica. Dorothy Parker bebería un *bourbon* a su salud. La conversación se interrumpe tantas veces por esa tecnología antigua —la de los teléfonos de discar y las operadoras— que se vuelve loca. Hay que ser de piedra, hay que tener la sangre de yogur para no volverse loca en una situación así, al final de un amor.

Y ahí va a discar otra vez y a rogar a la operadora que interceda por ella.

En el público, algunos rostros —los que la ven por primera vez, no los cautivos— parecen decir: no vale tanto, no es tan buena, no sé por qué pagué esta entrada carísima. Otros, más indulgentes, parecen estar viendo al Mesías. Ajena a todo, ella actúa furiosamente. Intenta sonsacar una confesión de su ex, una certeza, *sacarle de mentira, verdad.*

En la sala suena un teléfono celular. La interrupción corta el flujo de sangre de la actriz. Se hiela.

—¿Cómo puede ser? ¡Pidieron expresamente que apaguen los teléfonos! —se escucha nítido desde las butacas, mucho más nítido que el celular que ya se silenció.

Pero esto a la actriz no debe importarle. De eso se trata ser profesional. De que un hijo de puta no apague su teléfono e interrumpa un monólogo de Jean Cocteau. De fingir que esos ruidos no deprimen. Que no dan ganas de morirse por el desprecio a determinadas ceremonias.

Piensa que una parte del público no vale tanto, no es tan bueno, no sabe por qué actúa para ellos.

Por el dinero, se responde en su monólogo paralelo.

La pieza se acerca a su fin. La actriz está completamente desnuda. Ya se quitó la bata, las polainas, arrojó el camisón de seda con manchones de café, se arrancó las medias finas, el adiós se hace inminente. Al despedirse del hombre, que previamente le ha confirmado la separación, ella se desquicia y comienza a romper los jarrones que la rodean. Recuerden a Tilda Swinton incendiando un decorado. Recuerden a Carmen Maura hachando la escenografía.

Luego se arroja sobre la cama y se flagela. Riega el escenario con su sangre, tal y como lo pide Cocteau en el prólogo de la obra.

Algunos en la platea reniegan de esa exuberancia, de ese desnudo en medio de la locura.

Y el monólogo termina.

El público comienza a aplaudir. Muchos se ponen de pie, otros se envalentonan y gritan, también se escuchan silbidos. Un asistente de escena entre bambalinas le da a la actriz una bata de seda color rosa viejo. Ella se cubre y sale para el saludo final. El teatro suena como si estuviera dando a luz, los aullidos son todo lo que cualquier actriz necesita de su público. El pecho sube y baja, pero ella es sorda a la lisonja. Solo absorbe esa energía para recuperarse luego. Se inclina con solemnidad, una reverencia espantosa pero honesta. Se cierra el telón y desciende a los camarines, tanteando en la oscuridad para no morir en esa trampa para actrices que son los fondos del teatro. El aplauso la persigue. Las escaleras son estrechas y todo el lujo que puede verse en el hall, en los telones, en las butacas y en los palcos aquí es devorado por la negrura y la humedad.

Son los sótanos.

Su camarín es el último del pasillo, ya muy al fondo. A pesar de que los primeros están desocupados, le han dado ese, el más frío y lejano. *Por tu privacidad, para que puedas hacer lo que quieras. No se escucha nada de lo que pasa ahí.* Es el más amplio, casi como un monoambiente, pero no tiene calefacción y las paredes están rajadas. A veces, cuando dormita en la previa de las funciones, la actriz se despierta sobresaltada con la certeza de que a través de las rajaduras unos ojos voraces y enrojecidos la espían. La puerta no se cierra y debe ponerle llave o trabarla con una cuña de madera para tener la privacidad que le prometieron. El baño no tiene bidé ni agua caliente. Una verdadera tragedia. En invierno y en verano, es frío como una cueva. Cada vez que cruza la puerta, la actriz insulta, maldice a los dueños del teatro y a sus productores por haberle dado un camarín donde nada funciona. Ni que hablar del mal olor que sale del resumidero del baño. Su asistente debe prender sahumerios de romero cada una hora para ahuyentarlo, como si se tratara de una mala energía. Le dieron esa tumba para castigarla, piensa, por llevarles la contra y hacer una obra que no prometía cortar muchas entradas. Y sin embargo ahí tienen, a sala llena desde hace dos años. Los hombres suelen hacer eso, castigar los aciertos de una actriz.

Entra al camarín.

Agitada, se quita la bata que la malcubre. Su pelo pegado a la nuca y la espalda como una hiedra oscura. Frente al espejo piensa que después de esta obra tal vez ya no vuelva a desnudarse en escena, que su cuerpo no es el de antes, que no soporta las luces como hace algunos años. Extraña con locura su cuerpo de los veinte, el que resistía la desnudez sin importar lo descarnada que fuera la luz. El que tenía la piel lisa. El que se paraba desnudo en un escenario y parecía hecho de un mineral, y no de cuero viejo, como se ve ahora. El cuerpo que podía pasar frío sin enfermarse. El que no le devolvía la evidencia de que la carne se pudre como se pudren todas las cosas vivas de esta tierra.

Se mira en el espejo y advierte un golpe a la altura de la cadera.

—Se va a poner morado —se queja en voz alta mientras se frota el cuerpo con fuerza.

Tiene la piel de gallina. Su pene cuelga pequeño entre las piernas, encogido por el frío, como sus pezones. Ella sonríe al ver su pito tan pequeño y retraído y se espanta por el tamaño de sus pezones. Parecen lunares, dos moscas pegadas al pecho.

La asistente golpea la puerta:

—¿Estás bien?

Ella se pone una tanga y un vestido deportivo rápidamente.

—Muerta de frío. Si encontrás mis pezones, avisame.

—¿Cómo? No entendí.

—Nada.

—Hubo duendes hoy en la función, ¿no?

La actriz no responde. *Hubo duendes en la función*, las cosas que se escuchan en los camarines. Le fastidia esa cursilería de la gente que se toma tan en serio el teatro. Las cábalas, los calentamientos ridículos, los abrazos, las supersticiones, los rituales y las solemnidades que envuelven el mundillo teatral. No barrer el escenario, no mencionar a Macbeth, no mencionar a expresidentes, no vestir de amarillo. Si revisa su carrera, se congratula por haber hecho todo lo que traía mala suerte, para horror de sus compañeros. Ninguna violación al Tao teatral la ha tumbado. Es millonaria y carga con el misterio de su felicidad sin saber muy bien qué hacer con ella.

La asistente saca de una pequeña heladera una botella de gin artesanal, otra de agua tónica, hielo, y prepara un gin tonic con rodajas de lima. También sirve agua con gas y le da un beso en la frente a la travesti que se recompone después de haber interpretado a una loca. Una vez hecho esto, la deja sola. La actriz escucha los pasos alejarse. Desenrolla una alfombra y sobre ella estira un poco su espalda, sus piernas, para no dormir contracturada por el esfuerzo durante la función. Gime de dolor. Suenan como los gemidos que se hacen cuando se coge, pero son de dolor.

Tocan la puerta nuevamente.

—Soy yo.

—Pasá.

Es el director. Se le va encima. Prácticamente salta como un leopardo sobre un antílope y se detiene a dos pasos de distancia. No va a comérsela todavía.

—Te golpeaste en la cadera. ¿Te duele?

—Sí. —La actriz se incorpora—. No me di cuenta, ¿sabés? Lo acabo de ver.

—Mostrame.

Ella se pone de pie y se sube el vestido. Le muestra el moretón. Él se acerca para verlo bien.

—¡Pobrecita! —dice y roza el golpe con la punta de los dedos para no hacerle doler.

Ella suelta un quejido guarro, algo muy íntimo y solo para él, desde lo más hondo de su cuerpo.

—¿Te duele mucho? —pregunta el director y se pone en cuclillas y sopla donde está la marca. Muy cerca de las nalgas.

—Sí.

El director pasa la lengua sobre el moretón.

—¿Así te duele menos?

—Sí —rezonga como una niña.

Él vuelve a lamer el moretón, del que brotan gotitas de sangre, y luego una nalga y luego la otra, mojando la piel de la actriz, lentamente, como si borrara algo con su lengua. La actriz mueve su cuerpo hasta poner el culo en la boca de su director, que corre la tanga y comienza a esculcar suavemente en el centro, como si estuviera besándola en la boca. Ella se reclina en el escritorio de resina anaranjada frente al espejo, aparta los maquillajes, las cremas Lancôme y La Prairie, y apoya las tetas sobre un libro que lee cuando le sobra el tiempo. Queda completamente abierta para él.

Mientras la lame, el director interrumpe para murmurar:

—Pobrecita, se golpeó... pobrecita, mi amor...

Ella se baja la tanga hasta los tobillos y lo observa en el reflejo, sus gestos precisos y los recorridos claros que él hace con las caricias y los lengüetazos. El director se para, desabrocha el cinturón, se abre la bragueta torpemente, saca un preservativo del bolsillo y con los dientes rompe el sobre, mientras se sacude y hace que sus pantalones y bóxers caigan por sí solos. Antes de ponerse el preservativo, la tantea. Humedece sus dedos con saliva y hurga un poco en ella, que no está lo suficientemente lubricada. Escupe suavemente en su culo y logra masturbarla con dos dedos, luego tres. Ella lo soporta porque sabe que está buscando cómo satisfacerla, aunque se equivoque. Trata de penetrarla a pelo, llega a meter casi la mitad, pero ella lo rechaza con un movimiento. Él se pone el preservativo, unta su pija con un poco de crema para el rostro que ella le ofrece y la penetra otra vez, apretándole las tetas, muy despacio, mirándose ambos en el reflejo del espejo.

¡Cómo la calienta su director! Tiene hermosas piernas, o al menos eso piensa la actriz. Le hace el amor después de ciertas funciones, cuando le gusta mucho cómo actuó. La premia cogiéndola despacito, con unos resoplidos que reprime ciñendo los labios, con todo el cuerpo alerta por si escuchan pasos que se acercan. En el teatro nadie ignora lo que hacen, ni que lo han hecho en el escenario, en las butacas, en el pasillo. Todo el mundo sabe que son amantes, incluso se rumoreó en revistas y programas de televisión.

Él se quita la remera y deja ver un torso macizo, cubierto por completo de pelos. La actriz se abre las nalgas con las manos.

Están largo rato así. Afuera y adentro, afuera y adentro. *Pobrecita, pobrecita, cómo chorrea, pobrecita.*

El director eyacula a los gritos. Al fin y al cabo, de algo sirve el camarín más a trasmano del mundo. Mientras ella lo siente palpitar dentro de sí misma, larga unas carcajadas de maldad, como si hubiera obtenido todo aquello de la forma más artera, un plan malicioso. Se lo quita de adentro, gira sobre sí misma y se derrama en la silla. Con las manos cubriendo su rostro, se lamenta:

—Actué pésimo.

—Actuaste muy bien, muy precisa, te tomaste tiempo para todo —responde él y le da un beso rápido en la boca. Va al baño, se quita el preservativo, lo envuelve en papel higiénico y lo arroja a un tacho de basura.

—Hay mucha gente afuera que te quiere saludar.

Al volver, ella está limpiándose con pañuelitos de papel *tissue.*

—¡Ay, no! Quiero ir a casa. Me cocinan pasta casera solamente para mí. Mañana nos vamos a casa de mis viejos y quiero descansar.

El director ensombrece al oírla y no se preocupa por disimularlo. Se dirige a la puerta.

—Te veo la semana que viene. Que te sea leve.

—Gracias.

Al salir, el director parece encogido de tristeza.

La actriz va al baño y con una jarrita junta agua del vanitory y se lava sentada en el inodoro. No sería sexo si no implicara estas humillaciones. ¿La ama? Piensa a veces que sí. Por eso le hace daño y menciona la escenita de la pasta casera. En el espacio tácito que dejó cuando dijo *pasta casera solamente para mí*, sin decir quién es el cocinero, el director pone inmediatamente al marido de la actriz. El director muere de celos cuando piensa en el marido de la actriz y a ella le divierte verlo perder la confianza en sí mismo. Ella fue clara con el director, él no puede ofenderse. No le prometió nada, no le dio esperanzas. Pero cada noche actúa para él, para gustarle. Se viste para él, se maquilla para él. Es su manera de cogérselo, aunque él no lo disfrute igual que ella.

Termina de vestirse, se pone unas sandalias romanas de cuero de cabra que desentonan con su vestido de Stella McCartney, carga con algunos regalos que sus admiradores le han enviado al camarín y antes de apagar la luz se echa una última mirada en el espejo, sin acreditar lo rápido que pasan los años y lo mucho que se deteriora un cuerpo.

Sale. Su asistente la espera afuera. La asistente es una travesti de su misma edad, de un metro noventa y manos gigantes. La directora del teatro dice que su asistente es una chica amorosa, que los demás empleados del lugar están felices de que trabaje ahí. La actriz bromea cuando responde que su asistente trabaja para ella, no para el teatro, pero la gente siempre convierte su sonrisa en una mueca.

Su humor no es bienvenido por la mayoría.

La asistente cierra la puerta y la acompaña hasta la salida. Al girar la llave, una parte de la actriz queda cautiva en el camarín.

En el hall del teatro se enfrenta con el público que esperó para saludarla mientras ella cogía de pie con su director. Un montón de pájaros convocados por migas de pan. Antes de ir a cenar la pasta casera que su maridito cocinó, debe atravesar a sus admiradores. Su asistente pone el cuerpo delante, actúa casi como una guardaespaldas.

La actriz dice *hola* y *gracias* muy por encima, muy sin ganas, como por compromiso, con una sonrisa muy breve y mañosa. Sonríe sin ahorrar el desagrado que le causa estar rodeada de gente que la toma del brazo, le da besos de sopetón y le ofrece teorías que elaboraron sobre ella, sobre el personaje y la obra. La imagen de Gena Rowlands en *Opening Night* se cuela en su pensamiento. El momento en que Gena sale del ensayo y una jovencita desesperada corre detrás de su coche y termina atropellada y muerta bajo la lluvia en medio de la calle. Esa imagen siempre la asalta cuando se enfrenta a esos admiradores, que son capaces de esperarla durante horas para ver quién es ella cuando no actúa.

Se desentiende balbuceando excusas y otea la calle en busca del auto que la espera a unos metros. Su asistente va por detrás. Los admiradores, todavía en la puerta del teatro, la ven irse sin haberles dado más que centavos de simpatía.

Un tipo solo, que aparentemente estaba entre la gente, ignora las señales de su timidez y va más lejos. La sigue.

—Te llevo. Tengo el auto estacionado a una cuadra.

La asistente queda atrás, recibiendo unos regalos para la actriz.

La ciudad tiene todas las luces encendidas. La belleza de una ciudad de noche en la zona de los teatros.

—Dale, dejame que te acerque. Te ofrezco llevarte en un Audi, es una nave espacial. Es como volar en la Nostromo.

—No, gracias.

—No tengas miedo. Estás muy cargada, dejame que te ayude con eso —dice el admirador e intenta quitarle de los brazos algunas de las cosas que ella lleva. La actriz retrocede. La asistente va unos pasos atrás, distraída con su celular.

—No, me está esperando un auto.

—No me tengas miedo, soy de las sierras, como vos, soy un buen tipo, te juro.

Llega al coche y sube rápido sin dejar de mirarlo. La asistente le da por la ventanilla otro ramo de flores y unas cartas, y luego le pide amablemente al acosador que la deje tranquila, que está cansada. No se despiden, pero ambas se tiran besos a la distancia. La asistente termina encarándose con el hombre porque quiere abrir la puerta del coche. Él le grita que lo dejen en paz, que no está haciendo nada malo. La asistente le grita también y duplica su tamaño durante la discusión. El tipo parece una criatura emputecida. No va a entrar en razón. La actriz no ofrece a su asistente llevarla ni que suba al auto con ella. No. La deja ahí, peleando con un loco.

La precede cierta fama de arrogante. De agria. De petulante. Por eso algunas personas le han restado fidelidad. Por ser demasiado antipática. Por no firmar autógrafos, por no agradecer a cada momento. Pero ella dijo *gracias gracias muchas gracias siempre agradecida* muchos años de su vida. Durante muchos años, dio notas a cuanto periodista bueno, mediocre o malo la llamó y pidió entrevistarla, firmó autógrafos y se sacó fotos con sus admiradores sin importar su apariencia ni en qué circunstancia se encontraba. Transpirada, borracha, drogada, despeinada, agotada, ruin, con el maquillaje corrido, no importaba, decía sí y esperaba sonriente el flash con que la fusilaban sus seguidores. Mucho tiempo trabajó para la dizque fidelidad del público. Luego se cansó y ya no agradeció más. No dio más notas. Fue cuando comenzó a ganar montañas de dinero como actriz.

Por momentos temía que la gente no fuera más a verla, que no pagaran nunca más una entrada. No es que supiera hacer muchas otras cosas para ganarse la vida. Apenas había finalizado sus estudios secundarios. Antes de ser actriz, había sido prostituta vip en una agencia virtual que ofrecía el mejor catálogo de travestis escorts del país. ¿Es necesario saber más? No. A veces las vidas pasadas simplemente se entierran bajo la felicidad y nadie siente culpa por ello. Lo importante es decir que no sabía ganar dinero de otra forma que no fuera con su cuerpo.

Después de muchos seminarios de actuación, de talleres y grupos de experimentación, había comenzado a participar en algunas obras de teatro del *off* hasta que llegó la oportunidad de protagonizar *En la soledad de los campos de algodón* de Bernard-Marie Koltès para el Teatro Cervantes en Buenos Aires, donde actuaba de varón. Ese atrevimiento, más lo extraña que resultaba en los escenarios, habían sido su pasaporte a la fama. Así como pasó gran parte de su juventud como una prostituta alegre y frívola, así se convirtió en una actriz de culto. Solía decir que la prostitución y la actuación tenían las mismas mañas.

Aun odiándola, la gente volvía una y otra vez, aunque solo fuera una excusa para confirmar que no valía tanto, que no lo hacía tan bien, que había actrices mejores. También estaba la gente que la esperaba para agradecerle afectuosamente. Pero ella no sabía recibir eso que le daban.

El hombre que pelea con su asistente en el medio de los autos y los bocinazos logra esquivar un manotazo y corre hasta el coche, que justo se detiene en la esquina por el semáforo en rojo, y ruega que le firme un autógrafo. Ella sube la ventanilla. Él golpea la puerta y ella niega desdeñosa con la cabeza. El hombre escupe sobre el vidrio y ella lo mira sin que se le mueva un músculo de la cara.

—Negra de mierda. Piojo resucitado. Quién mierda te pensás que sos. Si te habré pagado para que me chupes la pija.

El semáforo cambia y la actriz respira profundo.

—Era un loco. Me dieron ganas de bajar y cagarlo a trompadas —dice el conductor, que pone en marcha el auto y la mira por el espejo retrovisor.

—Por mí que lo atropelle un tren, sinceramente. Para mí es igual si lo pasa por encima un auto ahora mismo.

El conductor no le dirige más la palabra.

Es el momento en que deja de ser la loca de Cocteau, la tirana posesiva y mitómana de Cocteau, para convertirse en esa travesti simplona y fóbica que va camino a su casa. El mejor lugar sobre la tierra.

Obertura

—Vaya por General Paz —le pide al chofer—, vamos por donde hay tránsito y gente.

No soporta las callecitas oscuras y despobladas por donde se evita el tráfico.

Llega a su casa en Nueva Córdoba, sobre la avenida Hipólito Irigoyen, muy cerca del centro de la ciudad y a poca distancia del teatro. Los lapachos están perdiendo las últimas flores y eso viste de tristeza su calle. Es una de las cosas que más le gustan de su casa, la hilera de lapachos desde que inicia la avenida hasta la plaza España, lo cerca que está de lo más necesario, los cines, el trabajo, las farmacias de turno, los kioscos abiertos de madrugada en caso de antojos. La otra es su marido que la espera. Seguramente cocina a esta hora, tal vez la pasta prometida ya está lista. Y la otra es su hijo. Un niño lúcido y muy querido. Después están las plantas. Su estudio, los libros, los recuerdos de viaje que trae consigo y que pone a juntar polvo en las estanterías.

Abre la puerta apoyando su reloj en un lector de QR.

El piso del hall del edificio es de mármol rosado y las paredes están cubiertas de arriba abajo con espejos enormes, de unos tres metros de alto. Los espejos ubicados a la izquierda del hall tienen un dibujo hecho con lápiz labial. En muchos colores. La actriz, nada más ver el dibujo, sabe que son sus labiales. Otra vez su hijo tuvo un rapto de inspiración vandálica y dibujó sobre los espejos. Como en el departamento ya todo está dibujado, como es imposible encontrar un lugar donde dibujar en esa casa, lo hace en el hall, en la terraza, en las paredes del palier, aunque eso le cueste semanas sin su realidad virtual. Donde tiene espacio, pinta, mancha, grafitea. Y si algún vecino lo reta, él responde que es su derecho, que su mamá le ha dicho que es un derecho de los niños expresarse y que eso no le hace mal a nadie.

Los vecinos se quejan, escriben notas, piden reuniones de consorcio, la multan.

Esta vez el dibujo es el de una mujer dormida, completamente desnuda, recostada sobre almohadones. Tiene profundidad y sombras, y es de tamaño real.

No puede ser más gay, piensa la actriz, y luego también piensa en los sermones que los vecinos darán por ese dibujo obsceno. Hace menos de una semana, una de las vecinas más antiguas del edificio le montó el escándalo del siglo porque su hijo había dibujado el mármol rosado santísimo traído de Italia con tizas de colores.

—Yo no me quiero meter en la crianza de su hijo, pero pago las expensas, jamás me atraso, soy buena vecina. No tengo por qué ver esos dibujos en la entrada de mi casa.

—Sí, la entiendo. No se preocupe, que lo limpio ahora mismo.

—Es que *ahora mismo* con vos y tu marido no existe. Se la pasan diciendo *ahora mismo* y quedan los dibujos días y días. El mes pasado estuvo tres días ese espanto pornográfico en el espejo y nadie lo limpió. Tuvo que bajar la chica que limpia en casa para borrarlo.

—Sí, te pedí disculpas por eso. Trabajamos mucho y se nos pasó, nos olvidamos. Perdón.

—No puede ser que la entrada, que tanto dinero costó, ahora cada dos por tres aparezca intervenida con esos mamarrachos. Y cuando se le reclama algo al niño, responde que es su derecho. Eso se lo enseñaste vos.

Lo bueno es que ahora la increpan personalmente. Hasta hace unos meses, recibían notas por debajo de la puerta firmadas por un grupo de vecinos, los más viejos, que decían cosas como estas:

> Señores propietarios del 18 'A':
> Su hijo ha vuelto a ensuciar la entrada con dibujos, esta vez con crayones, material casi imposible de limpiar, pues deja engrasada cualquier superficie. La semana pasada el mármol de las escaleras de la entrada apareció pintado con témperas, dando un aspecto espantoso al hall que nos pertenece a TODOS. Por favor, pongan un límite al muchacho o nos veremos obligados a enviar una carta documento por daños a la propiedad.

La actriz leyó la nota en el baño y, luego de hacer todo lo que hizo, se limpió el culo con ella.

A pesar de la hostilidad por la fiebre artística de su hijo, cuenta con el apoyo de los porteros y los guardias, la protección del director del consorcio y su fama y prestigio, que forman un gran polisón alrededor del niño. Ya no pueden cobrarle multas. Ella habló en la última reunión sobre su hijo, relató el proceso de su adopción y algunos detalles de su vida antes de ella, contó lo bueno que era, lo mucho que había aprendido en tan poco tiempo, lo distinta que era su vida ahora, y cuando los tuvo en una mano y con la guardia baja, remató con que era una crueldad prohibirle al único niño del edificio cometer una travesura tan inocente. Aseguró que limpiaría cada vez, pero que lo dejaran hacerlo.

Ahora el guardia ríe al verla mirar el dibujo de su hijo, cargando contra el pecho los regalos de sus admiradores.

—Le tuve que sacar una foto y enviársela a mi señora.

El guardia está loco por la actriz. Desde que descubrió lo famosa que es, no deja de tener detalles para distinguirla de entre los habitantes del edificio. Le perdona cualquier incorrección, le hace favores, la recibe siempre con una sonrisa y *qué lindo día hace cuando usted aparece* y *salió el sol porque usted se asomó a la calle.* Relamidos piropos que ella acepta como agua fresca. Nunca son suficientes los piropos para la actriz. Ella, siempre cargada, siempre superada por sus bolsos, carteras y obsequios, siempre de aquí para allá, como si nunca se acabara su cuerda. Ella que lo saluda a través de un ramo de calas y le pide que la deje descansar, que mañana temprano limpiará el espejo. El guardia le dice que no hay problema. No quiere desairar a la mujer que ve cada tanto en la televisión o en las revistas, la misma que su hija adolescente admira. Dice: "Sí, cómo no, claro que sí, con lo cansada que debe estar", mientras ella espera el ascensor. El guardia cree que el dibujo del hijo de la actriz es un viento fresco en ese edificio de viejos avinagrados.

Antes de que ella entre en el ascensor, el guardia le mira descaradamente el culo.

Little House on the Prairie

Llega al piso 18. Sale del ascensor y va destrozando las flores con las paredes del pasillo y golpeando su bolso contra todo lo que puede. Su departamento tiene una enorme puerta negra con cerradura de acero y se abre también con un lector de QR. Apoya su reloj en el lector que emite un *bip* y la puerta se desprende del marco. Empuja con la cadera, ¡ay!, la misma cadera donde se golpeó. El olor a salsa inunda los 312 metros cuadrados de su casa. El vapor enturbia los vidrios que dan a la ciudad. Al fondo, en una cocina de muebles laqueados, con el mismo mármol sagrado de la entrada del edificio cubriendo el piso y la enorme mesada, su esposo (otro cuarentón vistoso en su vida) cocina mientras Tina Turner aúlla desde Spotify aquello de *I'm Your Private Dancer.* Tina Turner hace feliz a su esposo, también Whitney Houston. Esa música ha hecho feliz a su matrimonio. Es más, ella dice que literalmente Tina Turner y Whitney Houston han salvado su matrimonio.

El marido de la actriz es un abogado penalista especialista en estafas virtuales, único heredero de una pareja de intelectuales con puras maestrías y doctorados. Proviene de una familia que tenía su casa de campo en

Villa Allende, con caballos y ama de llaves, su residencia en Nueva Córdoba y propiedades desperdigadas por la ciudad. El esposo de la actriz es un homosexual huérfano *forrado en guita.*

Ella es una de esas travestis que, como dicen las viejas, supo casarse bien. Aunque, claro, no era ninguna pobrecita de soltera. A pesar de no cargar con ningún abolengo más que el campesinado de su padre y el hippismo elitista de su madre, antes del matrimonio ya vivía a cuerpo de reina gracias a su trabajo.

La salsa que burbujea en la olla tiene secretos que su esposo nunca dice, los que hacen que su salsa sea la más rica que ella probó en la vida. Será el pimentón o la manteca donde fríe la cebolla o el punto en que agrega el tomate recién rallado o el tipo de pimienta o las alcaparras o las horas y horas durante las que el hervor suaviza la acidez. Ella no sabe, en los siete años que llevan juntos, qué es lo que la vuelve tan especial. Él tiene puesto un jogging viejo y traidor, de esos que no dejan nada librado a suposiciones. Delante de la cocina, baila para ella mientras revuelve con la cuchara de madera en una olla de vidrio. Entre las piernas, puesto en relieve por la tela finísima del pantalón, el pito de su esposo baila también. No lleva ropa interior. La actriz tira lo que trae en brazos sobre uno de los sillones de su living pretencioso y va a su encuentro con un pinot noir que le envió al camarín la Embajada de Francia.

—¿Y esto qué es? —le pregunta al marido mientras agarra el bulto con mucha suavidad.

—Un pajarito que se metió por la ventana.

—¿Y por qué lo pusiste acá?

—Para que estuviera calentito.

—¿Le puedo dar un beso?

Un *pasarinho*, su esposo no tiene un águila en sus pantalones, no tiene un halcón, es apenas un pajarito.

—Tiene que ser muy rápido porque estoy cocinando.

Ella mira en dirección al cuarto de su hijo, se agacha y se mete todo el pito de su esposo en la boca. El esposo, nervioso, vigila por si el niño aparece. Cuando comienza la erección, ella lo abandona. Luego se besan brevemente en la boca y él la aprieta muy fuerte contra sí y huele su pelo y lo besa. Es un gesto muy común del esposo.

—¿Dónde está? —pregunta ella.

—Está en su cuarto mirando televisión. Te espera para tomar la medicación. Le preparé buñuelos de espinacas y unos huevos duros para que cene, pero no tenía mucha hambre.

Ella toma un buñuelo que su hijo ha dejado en el plato y siente el sabor directo de las manos del esposo, el sabor del esposo que cocina manjares como ese.

I'm your private dancer, a dancer for money...

—¿Cómo le fue en la escuela? ¿Está cicatrizando bien la rodilla? —pregunta mientras come otro buñuelo.

—Le fue bien. La rodilla está muy bien.

—¿Tiene tarea?

—Sí, la hizo apenas volvió. No te preocupes.

El esposo espera que pregunte también por él. Una pregunta que sea solo para él. Que le consulte por el caso que su estudio lleva adelante, o por su nuevo entrenamiento que está de moda entre los cuarentones que forman su grupo de amigos, pero no, nada. Ella es indiferente, no le pregunta sobre su día ni sobre su trabajo ni sobre nada. ¿Será que no siente curiosidad por él? ¿Será que le interesan tan poco los detalles de su vida?

A veces se olvida de lo ajena que se encuentra a determinadas formalidades. Él es un abogado muy formal. No la entiende, pero se resigna.

A tantas extravagancias, mayores resignaciones.

Por ejemplo: su esposa no coge si hace mucho calor. Tampoco coge sin haberse duchado antes. No se deja penetrar si no se ha lavado muy bien el recto con un adminículo ominoso, un enema fucsia hecho por un diseñador de juguetes sexuales. No lo besa sin haberse lavado previamente los dientes. No sale a actuar sin lavarse los dientes. No sale a la calle sin lavarse los dientes. Tampoco sale de su casa sin perfume Samsara de Guerlain desde que pudo pagarlo por primera vez. Y no le gusta hablar por teléfono. A pesar de ser actriz, es tímida. Se diluye en reuniones donde no conoce a nadie. Es cínica. Donde encuentra una herida, vierte su sal. Tampoco deja pasar la oportunidad de hundirse en una discusión. Tener la razón en lo que sea la hace feliz. *Aunque tener razón en Latinoamérica no importe mucho, a mí me gusta el sabor a triunfo de tener la razón*, dice ella a menudo.

Al abogado lo derrite, le pone blandas las rodillas el modo en que su mujer o su travesti exhibe una especie de misantropía discreta. Él y su hijo están eximidos de esto; también un círculo muy pequeño de amigos. La gente que no odia. También lo derrite que la actriz vaya por la vida cortándose, golpeándose, acumulando cicatrices, algunas más profundas y nítidas, otras más superficiales. El rastro de su forma de vivir.

Ella odia viajar. No le gusta tomar un avión o un barco, desplazarse, ni siquiera por vacaciones. *Lo encuentro muy vulgar, el aeropuerto, la gente en los aeropuertos, los turistas argentinos por el mundo, me recuerda a los sets de filmación, y odio los sets de filmación*, le había dicho cuando él le propuso viajar a Italia, el primer viaje juntos. Ama vivir en la ciudad, es la primera persona que le dice al abogado que ama vivir en esa tumba sin árboles que es la ciudad en la que viven; tal vez la calle de su casa sea una de las pocas con árboles en la región. Sus amigos compraron o directamente tomaron terrenos en las sierras y allí construyeron sus casas de dos plantas y cuatro o cinco habitaciones, y cada vez que vienen de visita o se encuentran en alguna fiesta, se encargan de ponderar la vida lejos del ruido, la vida con patio y un río cerca. Y la seguridad, claro, el famoso *dejar las puertas abiertas*, eso que es imposible en la ciudad. Él se pone rojo de vergüenza al ver las muecas de fastidio que la actriz derrocha cada vez que oye esas cantaletas. Y aunque le prometen aire fresco y libertad para su hijo, ella les recuerda que es nacida y criada en un pueblo de las sierras. Conoce el trascartón de la apacible vida rural y la asfixia de esos infiernos grandes.

También están los secretos de una actriz. El laberinto inextricable que es su carácter. Lo imposible que resulta de prever. Lo que no se puede decir con palabras sobre ella.

La actriz pasa meses sin ver a sus padres, sin hablar por teléfono con su madre, sin mandarse un audio de WhatsApp con su hermano ni con su sobrina. Su desapego es incomprensible y violento para el esposo. Él es un huérfano, cree necesitar de una familia, aunque sea política. Reconoce que, con la llegada del niño, algo cedió en ella. Visitaba más seguido a su familia y eso parecía tranquilizar a su esposo. Pero no dejaba de representar una gran incomodidad e infligirle un enorme sufrimiento.

Por eso, la sugerencia que hizo días atrás de pasar ese fin de semana en casa de sus padres lo tomó por sorpresa y lo inundó de desconfianza.

—¿Y si nos vamos a visitar a mis viejos este fin de semana, y nos bañamos en el río y todo eso?

El abogado conoce las verdaderas intenciones de la actriz. Sabe perfectamente qué ambiciona ella desde el sólido confort de su casa, qué la reclama desde el pueblo. Es un marido con curiosidad. Lee perfectamente las constelaciones que dibuja su esposa con los gestos. Las señales que deja tras su paso.

Y ahora, en la cocina del departamento que es uno de los bienes personales de esta travesti díscola, el presente fermenta en el vapor que se adhiere a las cosas.

La actriz convoca al marido. Otra vez, las pastas y el agua a punto de hervir, la salsa ronroneando en la hornalla, el hijo encerrado en su cuarto, el piso de mármol como un espejo que lustró la mucama travesti que contrataron para hacer su pequeña contribución a la inserción laboral trans.

—¿Por qué no borraste el dibujo del espejo en la entrada? —Parece una pregunta, pero es una exhortación.

—Porque él me pidió que no lo borrara hasta que lo vieras. —El esposo señala en dirección al cuarto del hijo.

—Pero está desnuda. Nos van a hacer otro problema.

—Lo limpiamos mañana, antes de irnos.

Se comen la boca, como si estuvieran moldeando con arcilla una figura muy compleja el uno en la boca del otro.

—Ya tengo el viaje resuelto. Armé mi mochila y la de él. —El abogado lo dice entre beso y beso, señalando el cuarto del hijo—. Revisé el auto, hice las compras y te cociné tagliatelle con alcaparras. ¿Qué más querés? Mañana solo hay que limpiar el espejo y de ahí nos vamos al pueblo.

La actriz no ignora el esfuerzo de su esposo por ser eficaz, buen padre, buen compañero, buen cuñado, buen yerno. Sabe que es ese esfuerzo desmesurado por la escenita familiar lo que hace que fracase una y otra vez, como ahora. La actriz registra su dedicación, pero también registra un chupón en su cuello.

Tanta libertad es asfixiante. Cuando comenzaron su noviazgo, no tenían una pareja abierta y no exhibían chupones en el cuello. Tampoco se contagiaban de gonorrea por un descuido en el baño del gimnasio. Tampoco presenciaban escenas donde un maricón con el corazón roto gritaba guarradas al abogado en el estreno de una película protagonizada por la actriz. Eran otras épocas. Épocas elegantes. Luego llegó la fabulosa idea de tener una pareja abierta, una forma de completar lo que faltaba por sí mismo en ese matrimonio: homosexuales para el marido, claro. Pusieron límites que protegían su relación, pero a la actriz se le había olvidado explicitar el tema de los chupones. Así que no puede decir nada. Si siente celos, si le parece de mal gusto, se lo traga sin masticar.

Ahora se da cuenta de que tampoco era tan grave el malón de admiradores a la salida del teatro. Ahora cree que el camarín no es tan inhóspito, que el director no es tan imbécil, que no era terrible firmar unos autógrafos. Que la salsa no era importante, que no valía tanto.

—Ya está. Dale la medicación y relajate —le dice el esposo ignorando todo, el muy burgués.

La fiesta

Una pareja de lesbianas los presentó en una fiesta. Eran amigas de ambos y tenían fama de celestinas infalibles. Se jactaban de haber concertado al menos dieciocho noviazgos desde que celebraban sus festicholas pantagruélicas en ocasión de su cumpleaños. Habían nacido el mismo día.

En ese entonces, el abogado tenía su noviecito joven y atlético, como era habitual entre los maricones de su edad y su clase. El abogado no sentía atracción por sus coetáneos. Él se calentaba con efebos, criaturas de veinte o treinta años.

La actriz era menos taxativa y podía ser amante de uno de setenta o de uno de veintitrés. Y aborrecía el amor. No comprendía ese sentimiento ni hacía el esfuerzo por entenderlo. Reconocía, sí, el deseo, que era como una bomba de vacío en su cuerpo minado de hormonas. Reconocía la distracción, las erecciones en su tanga cuando alguien convocaba su ansia. Podía identificar una ternura, una *saudade* por el otro cuando se involucraba, hecha de la misma sustancia que el amor que sentía por sus amigas, por sus padres o sus plantas. No sabía amar ni estar dentro de una pareja.

Era una travesti que no había sido fiel a nada ni a nadie. Un día podía renunciar a proyectos que le aseguraban fortunas, trabajos que ninguna otra actriz de su generación osaría rechazar, o podía apostar sus ahorros en una obra de teatro. Hacía lo que quería, como quería y cuando quería. Si hubiera sido un animal, hubiese sido una loba esteparia.

Las lesbianas consideraban que el abogado y la actriz eran el uno para la otra. No se planteaban como un problema que él fuera homosexual. A los ojos de esta pareja de tortas con mucho tiempo libre, ella era irresistible.

Montaron un altar donde quemaron un muñeco de madera como en el Burning Man, un muñeco que representaba a un fascista distinto cada año y que hacían arder entre gritos y bailes espasmódicos. La casa tenía parque, piscina, perros Pomerania, limoneros y naranjos, terraza con vista al sur de la ciudad y muros con rejas electrificadas, porque lo torta no quitaba lo cruel.

La nota de color de ese cumpleaños fue que los mozos y las mozas eran personas trans. Hasta ahí llegaba la igualdad.

La actriz llegó temprano. Les regaló a las cumpleañeras *La balada de la dependencia sexual*, de Nan Goldin, un libro que seguía siendo inconseguible en Argentina y que había traído de España especialmente para sus amigas. Una vez en el lugar, se retiró al patio. El abogado llegó cuando el fervor ya se oía desde la calle y bajó del coche con un veinteañero musculoso que vestía falda tableada y arnés. La actriz lo vio llegar y, pensando en la insistencia de sus amigas para que lo sedujera, se le ocurrió que, mientras ella llevaba un vestido de Vivienne Westwood, el maricón llevaba un novio que ni siquiera echaba pelo en el pecho.

Un accesorio.

Qué pretencioso, el puto, pensó y llamó a la hijita de una amiga bióloga para que jugara con ella. Quería evitar el serpentario que era ese círculo *queer* en el que había terminado metida sin darse cuenta, tentada por el lujo y, al decir de Buñuel, por el discreto encanto de la burguesía, que no servía para nada pero siempre prometía buenos vinos. El abogado presentaba al chonguito con cierta condescendencia, tratando de hacerlo encajar en una fauna donde abundaban el bótox y el cinismo. Pero en algún momento se cansó y, apenas el muchacho encontró un grupo en el que parecía no ser despreciado por su juventud y su falta de temas de conversación, se dedicó a beber negronis en la cocina y a observar de lejos a la actriz. La vio besuquear a los perros, la vio mojar los pies en la piscina, la vio sonreír cuando se acercaban a saludarla y dejar de sonreír mecánicamente, como si alguien fuera de su perspectiva gritara "¡Corte!", cuando la gente se iba.

—Ponete de novia con él. Diseñá mejor tu futuro. Enrostrales ese bombón, refregáselos en la cara. Que te vean con un tipo que los deje muertos de envidia.

—Solvencia. Lo más importante. Es solvente. No soporto que les pagues el hotel a tus chongos.

Él había hecho la sucesión al morir la mamá de una de las dueñas de casa y en alguna de las reuniones que tuvieron se habían mencionado *La voz humana* y a Jean Cocteau; el tiempo sin que nadie montara semejante monólogo y la falta que hacía ver algo así en cartelera, y él había confesado que lo volvía loco la actriz, que pensaba que la única actriz viva que podía hacer esa obra era ella. Que por una *mujer* así se volvería heterosexual y todo.

—Lo único que falta es que me quieran casar con un maricón. Los putos que me enamoran están muertos o casados. Ya no nacen Urdapilletas ni Peñas ni Marc Girós —dijo la actriz, dejando la vara muy alta para el abogado.

De modo que, la verdad sea escrita, no es que no registró al leguleyo cuando llegó a la fiesta. Recuerden: incluso lo despreció por llegar con un jovencito tan ocupado en mostrar sus abdominales. Lo ignoró deliberadamente. Como lo hizo con cada novio que tuvo. Como lo hizo con su hermano, con sus amigos, con sus padres, con sus amantes y con su sobrina. Ignoró al mundo entero. Y eso parecía ser una forma de afecto.

La niña fue la mejor excusa de la actriz para no estar con los adultos. Cuando el sol se escondió, la criatura se dejó llevar por el cansancio sobre un colchón inflable y se durmió junto a la pileta.

El abogado no recordaba haber sentido deseo por una mujer. Había tenido novias en la adolescencia para sobrevivir a la mirada de sus primos, de sus tíos y de los compañeros del Colegio Monserrat. Y también porque tuvo curiosidad, hay que decirlo, que no fue ningún mártir. Pero vivió esos romances muy por encima, sin gracia y sin pasión. Y no es que con los varones fuera diferente. Siempre eran romances inaprensibles, donde no había nada que perder.

La imagen de la actriz evitando a los invitados y fumando marihuana junto a una niña dormida reverberaba en un lugar sexual e impaciente de su cuerpo, y le resultó divertido. Efectivamente era irresistible. Mientras, el efebo que lo había acompañado a la fiesta se desvivía por caer en gracia a un par de actrices que bailaban en la pista. Él, a su modo, también evitaba el gentío y se avergonzaba de su acompañante, que mostraba un suspensor bajo la faldita tableada con cada salto que daba. Era mejor ser espectador de la actriz.

Ella giró sobre sí misma porque se sintió observada y lo vio. Dentro de la casa, desde la ventana de la cocina, él la miraba completamente embobado. Con esa ausencia de voluntad en los ojos, lleno de deseo. Había visto muchas miradas como esa para saber qué leña ardía en esa hoguera. La mirada de los hombres que se encuentran por primera vez deseando a una travesti.

La actriz dudaba. ¿Cómo podía gustarle? Ella, la travesti más pasiva de Córdoba. La peor travesti de Argentina. Qué le podía gustar a él de semejante travesti. Lo miró con descaro, como desafiándolo. Él le suplicó con los ojos que lo dejara acercarse y ella se tomó un tiempo largo hasta sonreírle, y fue como decirle: *Vení.*

El abogado salió tan apresurado que se chocó con una gran ventana de vidrio que estaba cerrada y que no había visto. Dentro, todo el mundo hizo un escándalo y se rio. Ella también. Se despanzurraba de risa envuelta en un kimono de seda. El abogado se acercó hasta donde estaba la actriz con la niña y le preguntó en voz baja qué se le antojaba beber, y ella le dijo que estaría bien un negroni.

—¿Te lo preparo yo o preferís el del bartender?

—¿Vos no sos el bartender?

—No. Yo soy un amigo de la casa.

—Las casas no tienen amigos.

—Soy el abogado de las chicas. Te miraba y se me ocurrió que podías querer un trago.

—¿Qué estabas mirando?

—Es que soy un poco fan. Yo sé que no te gusta —se excusó poniéndose la mano abierta en el pecho—. ¿Querés que te lo prepare yo o el bartender? No me dijiste eso.

—El bartender, claro. ¿Estás bien?

—Sí, sí, sí, solo me siento avergonzado —murmuró y regresó a la casa donde estaba el barman para pedir los tragos.

Los perros se durmieron a los pies de la actriz.

El abogado hacía mucho tiempo que no se sentía tan ridículo.

Hablaron en voz baja para no interrumpir el sueño de la niña. Cuando llegó el frío, la actriz se quitó el kimono y cubrió a la bella durmiente con un gesto en el que ni ella misma se reconoció. Debajo llevaba puesto un vestido negro muy ceñido y transparente. Parecía Annie Girardot en *Rocco e i suoi fratelli*. Pero claro, él no lo sabía, no había visto absolutamente nada de cine neorrealista. Él no conocía a Visconti. ¿Qué podía saber?

Todo el tiempo reprimió las ganas de darle al abogado una probadita de su causticidad, de agredirlo, de burlarse de su profesión. Había aprendido a odiar lo que deseaba y hasta encontraba dulce ese odio. Acicateaba a sus flirteos. No supo nunca por qué esa noche fue de otro modo con el abogado.

Lo que una es capaz de hacer por seducir, pensó.

Los interrumpían constantemente los amigos que se acercaban como depredadores a olisquear de qué se trataba el encuentro. *Mucho ojo ustedes dos*, les decían y reían. En la casa, el acompañante del abogado se besaba con un actor veterano que le metía la mano por debajo de la falda y luego se olía los dedos.

El abogado le confesó que su novio no estaba preparado para tanto famoso junto. Que el muchacho no se había llevado bien con sus amigos, que era muy joven. Que no les cayó en gracia a las dueñas de casa.

—¿Y se fue?

—No, está besándose con un viejito.

—¿Más viejito que vos?

Sopló el viento un instante y a ella se le puso toda la piel de gallina; él se quitó su camisa y se la prestó. Entonces fue la actriz quien lo miró por primera vez. Su belleza tan cerca que podía tocarse. A ella, ese gesto le pareció de mal gusto. Algo de levante gay que le provocó rechazo.

—Soy un hombre muy aburrido, por eso mi cita está chapando con otro —dijo y se encogió de hombros.

En ese momento llegó la madre de la niña.

—Gracias por cuidar a la bestia. Nos vamos antes del descontrol.

La madre cargó a la niña como si fuera una recién nacida y acomodó su cabecita en el hombro. Al irse, le guiñó un ojo a la actriz e hizo una mueca obvia, algo que la actriz interpretó como una complicidad porque la vio conversando con el mamotreto del abogado encuerado.

—Están todos particularmente estúpidos esta noche —dijo la actriz antes de tomarse de un trago lo que quedaba de su negroni.

Luego sonó una música desde la casa, unos gritos también. Ella lo condujo del brazo a bailar, pero en el camino se toparon con el novio del abogado, al que le había dado la mala copa y empujó a la actriz haciéndola caer sobre una mesa de cristal.

—¡Travesti horrible, alejate de él!

No terminó en una desgracia por milagro. El abogado, ciego de rabia, casi lo golpeó, pero se detuvo para ayudar a la actriz, mientras dos guardias, dos enormes travestis vestidas como John Travolta en *Pulp Fiction*, sacaban al agresor prácticamente de las orejas.

Una vez recompuesta la frivolidad y recuperada la indiferencia, habiendo comprobado que la actriz no tenía perforado ningún pulmón o riñón, pasado el mal trago, la concurrencia regresó al baile y la música, *aquí no ha pasado nada*, y actriz y abogado bailaron en un rincón algunas canciones que parecían tomarlos por la cadera. Desde esa noche, bailar los mantuvo unidos incluso en los días en que más se odiaban. Los negronis surtieron efecto. Estaban abstraídos el uno con el otro y solo salían de ese refugio para mirar a su alrededor y comprobar que a veces en la vida se está en el lugar deseado a la hora correcta.

Con amar no alcanza

A la actriz le gustaba pasear a tipos atractivos por los bares de la ciudad para mantener el rumor caliente sobre su ninfomanía. Se hablaba de eso en camarines, ensayos, estudios de televisión y reuniones familiares. Entendía que era el momento de forjar una leyenda, de darles de comer a los cuervos, aunque después devoraran sus ojos. Más valía quedar ciega que dejar sin trascendencia el culo. Se dedicó a coger con cuanto tipo le resultaba atractivo. Algunos por su dinero, otros por su talento, otros por su simpatía, otros porque estaban casados con alguna enemiga en particular, otros por su poder. Se había ganado su fama a pulso.

El abogado era más discreto, pero conservaba cierta costumbre promiscua de los gays de su generación. Lemebel diría: *La militancia sexual.* Esa vocación por el sexo sin intimidad en gimnasios, bares, fiestas electrónicas y en el edificio donde estaba su estudio. Grindr era su fuente de juventud. Estaba tranquilo con su apariencia y su dinero, y también con cómo era deseado. Se movía con la soltura del que coge con regularidad y con todo aquel que quiere coger. No era ninguna novedad para un soltero como él. Profesional, rico, codiciado por hombres, mujeres y travestis que se atontaban con su belleza. Se veía como un modelo de publicidad de relojes o whisky, pero con gestos de profesora de yoga.

Después de la fiesta de cumpleaños, coincidieron *casualmente* en el lanzamiento de una marca de ropa de un amigo diseñador en común y en el velatorio de una poeta que había muerto de cáncer de lengua. Ella lo invitó a cenar a un bodegón con fama de milagroso y ya no se despegaron más.

—Tengo un chardonnay en la mochila y acabo de salir del estudio. ¿Puedo pasar a darte un beso por el camarín?

Ella aceptaba y estaba con él en los momentos previos a su función.

En cierta ocasión, el abogado quiso adular su trabajo, decirle lo mucho que la admiraba, pero ella cruzó la mano delante de sus ojos con un gesto de pitonisa y dijo:

—Por favor, no hablemos de mí. Hablemos de otra cosa. Hablemos de otros, no sé. Pero no hablemos de mí.

La actriz comenzaba a expandir su poder sobre él. Y era de la única forma que entendía la atracción por los hombres. No como un acontecimiento sentimental, no como un asunto hormonal, sino como una cuestión de poder. De sometimiento del mundo privado de los hombres que se le acercaban. Doblegar el mundo de nada que los hombres traían entre las manos como un gran tesoro, como una gran virtud. No necesitaba de los pormenores de una relación entre dos personas que se atraen. A ella le bastaba con esa mirada que él le había ofrecido en la fiesta donde se conocieron.

El abogado dudaba constantemente del tipo de pantano en el que se estaba metiendo. Le aterraba tomar distancia de su homosexualidad, que durante tantos años había sido un refugio, una costumbre, y todavía más le aterraba pensar que estaba dándole su tiempo y afecto a una narcisista que solo tenía ojos para sí misma.

Tuvieron una cita en un bar de jazz; el abogado había acumulado suficiente coraje como para decirle lo que sentía, pero todo se dio diferente a lo conspirado.

Estaban discutiendo sobre qué bebida ilustraba mejor una cita, si los cócteles o el vino, cuando ella, luego de que la banda tocara "You're My Thrill", le dio un bocado de lo que vendría después.

—Desde que me hormono, no tengo ganas de coger. —Lo dijo en voz alta, sin importar si alguien la oía o no. Fue con arrogancia, pero también con sufrimiento. Él se desconcertó porque no la creía capaz de una grosería como esa.

—Ni erecciones ni ganas de coger. Me da lo mismo coger que morir célibe. —Apuró un trago de gin tonic—. El estrógeno no me deja masturbarme. Con lo que cuesta ponerla dura, prefiero invertir esa energía en el gimnasio.

Cuando el abogado sacaba a flote el recuerdo de esa noche, hacía mucho hincapié en lo vulgar que había sido ella al decir "ponerla dura". Y en lo que siguió después de la primera confesión:

—No te voy a poder coger. Al menos no ahora.

Y así zanjaron la cuestión del sexo, que había sido una incógnita para ambos desde que se habían conocido. El abogado tuvo una avalancha de preguntas cuando ella habló. ¿Era activa? ¿Quería solamente penetrarlo? ¿No pensaba que él tenía ganas de cogerla? ¿Cómo era con sus amantes? No creía que fuera activa. Era conservador y creía que una chica como ella tenía que comportarse como una chica. No como una travesti.

Luego de estos prolegómenos, él la invitó a su departamento por primera vez. El abogado omitía este detalle cuando se burlaba de la vulgaridad de la actriz en esa cita en el bar de jazz. No decía que él la había invitado a su casa ni qué intenciones tenía. A ella le causó extrañeza, porque no eran muchos los hombres que, durante un coqueteo tan incierto, tan sin nombre, invitarían a una travesti a su casa. Estaba el problema de los vecinos, el problema de que algún conocido lo viera entrar con la travesti más conocida del país.

—Está muy desordenado, hay ropa tirada y platos sin lavar, pero tenés que venir igual.

Ella aceptó.

El departamento era enorme para una sola persona. Tenía pocos muebles. Un par de lámparas de diseño aquí y allá, un caos y un olor muy masculinos, como una cueva de animal solitario. Se notaba un lugar de paso, podía percibirse su ausencia. No había plantas ni mascotas. Tenía razón al decir que estaba desordenado. Las camisas yacían repartidas en las sillas, había una aspiradora inteligente cubierta de pelusa detenida en medio del living, los papeles estaban tirados entre medias usadas y un bóxer colgaba del picaporte de una de las puertas. Ella se abandonó en el sillón y él sirvió vino en copas que tuvo que lavar en ese momento, un vino muy caro, que además incluía toda una explicación, como la que daría el guía de una bodega, sobre la procedencia, los años que blablablá, los meses que nosequé y lo bien que combinaba con ese queso que había comprado en tal lugar, que lo importaban de tal país. La actriz decidió noquearse con el vino que tanta fama tenía y que, además, le supo como cualquier vino que se preciara, con tal de no escuchar el relato de su burguesía. Era notable cómo todos los hombres hacían lo mismo: relatar sus privilegios con obscenidad, más interesados en eso que en las tetas de sus amantes.

Cuando estuvo bien borracha e incapaz de continuar la contienda, pidió un auto.

—¿Bajás a abrirme?

Lo dijo en un tono muy imperativo, como si lo hubiera desconocido de repente. Él le pidió que se quedara a dormir.

—Juro que no te hago nada —bromeó—. Mi cama es enorme. Y si no, puedo dejarte la cama a vos y yo duermo en el sillón, que es muy cómodo.

Pero no. Tuvo que bajar a abrirle y entonces sí, ella dijo muchas gracias y remoloneó como una perra satisfecha. Cuando la actriz se fue (él le rogó que por favor le avisara al llegar a su casa), regresó al departamento, se desvistió y se masturbó recostado en el sillón impregnado del perfurme de ella. No pensó en la actriz durante el manoseo, pensó en la última vez que había tenido sexo con un compañero de trabajo, en las duchas del gimnasio. Pero muy cerca del orgasmo la imaginó en la fiesta, con el vestido negro y su escote mortífero, y ahí nomás terminó con chorros muy potentes encima de sí mismo, mojándose por completo y también salpicando unos almohadones de terciopelo púrpura. Con la misma remera que estaba en el piso, se limpió. Luego tomó su celular y le envió un whatsapp: "¿Llegaste bien?".

Ella, por supuesto, nunca le respondió.

El puto que te coge

Una noche fueron a una fiesta por el estreno de una película. Ya lo ven. La actriz y el abogado concurrían a muchas fiestas. Sus conocidos siempre estaban organizando fiestas, cenas, fines de semana en quintas, inventando excusas para beber hasta vomitar. A ella le costaba un poco más que a él asistir a estos eventos, pero el protagonista de la película era uno de sus mejores amigos. Un actor que comenzaba a dar sus primeros pasos en la escalera de la fama.

La película había sido espantosa. No podía estar peor guionada y dirigida. Y, aun así, en la fiesta se bailó.

El abogado acechó el cuerpo de la actriz toda la noche, como enviándoles un mensaje a sus hormonas, avanzándola y haciéndole respirar su boca cuando le hablaba, muy cerca, debido al volumen tan alto de la música. Buscaba tocarla, acariciarla, y se afanó en sostenerla por la cintura cuando ella perdió el equilibrio en el apretujamiento de gente. La presionó contra su pecho y evitó que se cayera. Ella sintió la forma de su pito contra su pelvis y recordó un parlamento de Yerma: "Otra vez, el mismo Víctor, teniendo yo catorce años (él era un zagalón), me cogió en sus brazos para saltar una acequia y me entró un temblor que me sonaron los dientes". Lorca era su gran amor.

Una vez que el abogado la soltó, ella retomó su desconfianza. Sospechaba que él le tendía una trampa. Que la rechazaría si ella quisiera coger con él. Y entonces todo habría terminado.

Cuando la paranoia casi ganaba la batalla, se acercó un bailarín que a ella le caía fatal. Parecían conocerse desde hacía mucho tiempo con el abogado y se coquetearon sin disimulo. Al verlos, la actriz sintió el punzón de su patetismo. El cuentito que protagonizaba con el abogado. Era tan obvio que ese hombre con el que se ilusionaba era un homosexual inquebrantable que hasta se burló de su propia ingenuidad. *Si me vieran las viejas*... Resistió lo que pudo el ir y venir de pellizcones y manotazos entre el abogado y el bailarín y, cuando se sintió derrotada, se despidió.

—¡Estás en buenas manos! ¡Me voy a casa! —le gritó al oído.

—¿Cómo? ¡No te escucho!

—Que me quiero ir a casa, estoy incómoda. —El abogado le hizo una mueca de disgusto.

—No te vayas, quedate a bailar conmigo.

—No, estoy cansada y mañana tengo ensayo.

—¿Cómo?

—Mañana tengo ensayo temprano. No puedo trasnochar.

El bailarín intervino.

—Yo te lo cuido. —Y se pegó al pecho del abogado como una sanguijuela. Él se desasió con un sacudón.

—No se te ocurra dejarme solo ahora. Vine a esta fiesta horrible por tu culpa —dijo tomándola con firmeza del antebrazo.

Ella reconoció en esa determinación una conducta muy masculina. Algo que le gustaba de los hombres con los que se acostaba. El bailarín se retiró sin saludar.

—¿Por qué te vas?

—Porque te encontraste con tu amigo.

—Ya se fue ese puto pesado y yo prefiero estar con vos.

Ella tragó con la boca su aliento a cerveza y fue como darle un beso.

—Te llevo hasta tu casa y me invitás un trago. Quiero conocer dónde vivís.

Ella no tenía su departamento desordenado. Su departamento era su vida entera. No había un solo rincón de esa casa en el que ella no hubiera decidido el destino. Hasta el modo en que estaba la ropa en el placar respondía a su idea de hogar. El protocolo particular de su casa, respetado con el rigor del silencio y los pies descalzos de una pagoda. El protocolo que no incluía visitas improvisadas después de una fiesta.

Afuera una tormenta de fin del mundo se desataba con truenos, relámpagos, alarmas de automóviles que sonaban de repente. Ambos estaban muy borrachos y envalentonados con lo que había quedado expuesto en la fiesta: unos mínimos celos de ella, un deseo convertido en fuerza de él. Decidieron ir a comprar cocaína al departamento de una amiga de la actriz, donde vivía el *dealer* que abastecía a los famosos de la ciudad. La actriz pensó que era una mala idea la cocaína en una cita que podía terminar en un revolcadero, porque las erecciones y la merca son enemigas naturales, pero la confianza en sí mismo y la cocaína son grandes compañeras, así que concluyó que prefería estar con un impotente antes que con un tímido.

Esperaron a que amainara durante mucho tiempo en la puerta del lugar. No podían llegar adonde habían estacionado el auto. La lluvia era cada vez más brava y hacía mucho calor. Ella comenzó a correr completamente borracha y con los zapatos en la mano.

—¡Esperá, te podés cortar! ¡Hay mucha basura! —le gritó él.

Ella lo ignoró y él tuvo que seguirla. Podía caerle un rayo o un árbol encima, pero ella corría cegada por su inconsciencia. Tuvieron que decidir entre las drogas y un refugio, y prefirieron saltearse el vicio e ir directamente al departamento de la actriz, que estaba a unas pocas cuadras. Era tanta la lluvia que el vestido de la actriz se pegaba a su carne y otra vez aparecían los pezones con una fina cicatriz de bisturí en forma de anzuelo. El cirujano que le había puesto las tetas había hecho un magnífico trabajo.

En el camino, mientras corrían, ella se detuvo y le gritó que se hacía pis encima, que iba a orinar. Pero él no la vio ni la oyó, porque el rumor de la tormenta era más fuerte. Continuó corriendo. Era alto y muy veloz, y a ella le parecía perfecto.

La actriz meó en la puerta de un edificio. Estaba muy mareada y había tenido que sostenerse apoyada en la pared. Él regresó con miedo a que le hubiera pasado algo y la encontró en pleno desagote contra la pared de una fachada muy elegante. Instintivamente miró su pito, como si se tratara de otro hombre en los baños de un shopping, esa primera mirada aprendida en la clandestinidad, lo primero que miraban los hombres como él. Lo que vio no lo decepcionó ni un poco.

Se rindieron ante el agua y caminaron a la deriva, tranquilos, por una ciudad que se escondía de ellos. Entraron al edificio donde vivía la actriz con el paso confundido, saludando tímidamente al guardia. En el ascensor no hablaron. Estaban empapados, tiritaban. Ella tenía el maquillaje chorreado y eso le daba un aura triste. Había entrenado el gesto de su decepción —tan parecido a la tristeza— por cómo era el mundo hasta convertirlo en un arma de seducción. ¿Cómo había terminado siendo el mundo? Un basural sin árboles ni comida, con los continentes devorados por el agua. Con estrellas como ella, una vulgar travesti que *no dejaba títere con cabeza*. Al abrir la puerta de su departamento, sin siquiera esperar a acordarlo con la mirada, ella intentó bajarle la bragueta acuclillada como un mono. Él se arrodilló frente a ella.

—Esperá. Dame un beso por lo menos.

La buscó con la lengua y la besó un largo tiempo, no tanto porque lo deseara, sino para reconocerla. Para tantear el gusto de su saliva. Sintió inmediatamente cómo ella calibraba el ímpetu y se adaptaba al ritmo que él le proponía. La lengua de repente se volvía mansa dentro de su boca; el gusto a vodka, su cuerpo escurriendo agua.

Sin darse cuenta, se encontraron en la cama. Él perdió la erección en dos o tres ocasiones durante el entrevero y se excusó como lo haría cualquier otro amante heterosexual: que estaba muy borracho, que lo perdonara, que el alcohol era el culpable. Ella también perdió su erección y se excusó como él:

—Son las hormonas, yo te dije.

—¿Tengo que irme?

—Podés hacer lo que quieras.

Sin embargo, a último momento, a punto de dormir abrazados y desnudos, que era en realidad lo que más deseaban, él se trepó sobre ella para tomar revancha y la penetró a pelo, ya seguro de que nada iría mal. Ella le rogó que se detuviera para ponerle un preservativo, pero cada vez que él quería salirse, lo retenía apretándolo. De pronto, la imprudencia degeneró en un juego y ya no importaba nada más que ese placer de estar cogiendo sin forro, completamente borrachos, en medio de una tormenta que sacudía las paredes.

—¿Te gusta cómo te coge el puto? —le preguntó mientras la presionaba y ella gritó.

Desde el departamento de arriba golpearon con algo, tal vez un mango de escoba o un zapato. Era muy tarde para el escándalo.

Parecía un regalo de Papá Noel, una ofrenda de los Reyes Magos. Un hombre que antes de dormir leía un libro, orinaba sentado para no ensuciar la tapa del inodoro, cocinaba platos de muchos colores y por las noches, cuando todo el mundo dormía, descendía hasta el sexo de la actriz y se quedaba horas lamiéndolo, chupándolo, metiéndoselo todo en la boca, bromeando con él. Lo ataviaba con sombreritos, cintitas atadas alrededor, lo untaba con helado, con crema, con dulce de leche. Vivían los primeros meses de un noviazgo lleno de descubrimientos sexuales, de sorpresas en los modos del abogado, que de tener gestos de profesora de yoga pasó a cogerla como un perro musculoso y sañudo que la mordía y la babeaba y le acababa en los vestidos, las sábanas, el rostro, adentro, en la espalda. Él se desconocía. Semejante eureka lo tenía sin palabras.

Muchos pensaban que era demasiado guapo para ella. Incluso la madre de la actriz, en sus cavilaciones de sesentona sola, allá en ese pueblo donde la había hecho, llegaba a la misma conclusión que el resto. Que su hija no merecía un hombre tan guapo a su lado. Que no era justo. Y no tanto por su belleza física, que por otro lado era devastadora, sino por la dulzura arrojada a la basura, el amor tirado en saco roto; eso que era su hija también, una travesti incapaz de amar.

La actriz no ignoraba nada. Los pájaros del chisme se encargaban de cantar en el marco de su ventana cuanta habladuría hubiera. Le divertía muchísimo. A él también. Porque la comitiva marica tenía sus venenos para verter: que él la usaba porque en el fondo era un arribista, un cholulo; que contrataban escorts porque él a ella no la tocaba ni con una rama, ni con un chorro de soda. Otros, en cambio, celebraban el encuentro, y cada vez que publicaban una foto en alguna red social provocaban un escándalo de alegría entre los millones de seguidores de la actriz. Nada le divertía más que exhibirlo como un par de zapatos caro y exclusivo. Y él siempre cerca, siempre atento, siempre vuelto loco de amor por ella, ignorante de las miradas a su alrededor, con ojos nada más que para ella. En las fiestas, la muy taimada recorría con esos ojos de fiera a la concurrencia y detectaba con la boca hecha agua el deseo puesto en el cuerpo de su novio. La calentaba que lo desearan.

Luego de un noviazgo feliz, se casaron en el pueblo donde vivían el medio hermano y los padres de la actriz (divorciados hacía muchos años). No porque alguno de los dos tuviera realmente ganas de meterse en el berenjenal legal que significaba un casamiento civil, sino porque podían. Podían gastar dinero en una fiesta, pagar el hospedaje de todos los invitados en un hotel de 1950 que todavía funcionaba a 20 kilómetros del pueblo, comprar el vestido en Lanvin y hacerse cargo de las drogas sintéticas para la concurrencia, además de la vajilla, la cerámica de Santiago Lena y los cubiertos de alpaca. Podían prever un divorcio, una separación, los días tenebrosos en que se odiarían por ser cónyuges. Podían fantasear con envejecer, con compartir la decrepitud.

La fiesta se celebró en la casa de la madre de ella, en el parque. Su padre asó tres lechones *para que sobre y no falte*, y puso en la parrilla toda clase de verduras de su huerta. Un menú cimarrón que dejó opíparos a los comensales. Cincuenta y ocho bocas que bebieron, cantaron, comieron, rieron y gritaron. Se sirvió vino tinto, blanco y champán que regaló una bodega cuyos dueños eran admiradores de la actriz, y hubo también una bartender trans que se robó el show con sus acrobacias con la coctelera. Una torta galesa hecha con manteca con THC provocó desmadres, vómitos, risas convulsionadas y ataques de pánico. La fiesta se llenó de perros, los de la madre, los del padre, los del hermano y otros perros de las casas vecinas, de modo que las travestis danzaban entre fauces de perros enloquecidos que les echaban a perder los vestidos con sus patas llenas de tierra. Los festejos comenzaron al mediodía, inmediatamente después de que los novios dieran el sí en el Registro Civil, y se prolongaron hasta el amanecer del día siguiente. El sol arrancaba vapor de las piedras y todos estaban muertos de calor, transpirados y descontrolados. Hasta el padre de la actriz se emborrachó y bailó con una travesti amiga de su hija que casi lo manda al otro barrio con las cabriolas cuarteteras que le exigió como *partenaire*.

Otra de las travestis invitadas al casamiento —una de la vieja escuela, de esas travestis que parecían refulgir en el centro de cualquier reunión—, a la que le había caído mal el champán, le gritó a la actriz, de la nada y sin que nadie se lo viera venir, que se había vendido. Que se mirara en el espcctáculo de esa fiesta de mierda, que no había más que chetos negros de mierda, así, con esas palabras, que estaba lleno de chetos negros de mierda celebrando que la muy vendida se había casado con un puto que ni siquiera se la cogía.

La madre de la actriz la tomó de la mano y la invitó a mojarse los pies en la piscina, y la maldición se dispersó. De todos modos, muchas de las otras travestis invitadas, sobre todo las más viejas, incluso la actriz, pensaron que la loca tenía razón.

El medio hermano de la actriz, hosco pero conmovido, un poco a pesar suyo, estuvo mirándola con una voracidad que nacía de la certeza de haberla perdido para siempre. Registraba los cambios de luz que daban sobre el vestido rojo con el que la muy jactanciosa se había casado para llamar la atención, para decir que era más extraña que el resto. Las partículas de la tarde la bañaban de un temblor cobrizo y su corazón de chico de pueblo se había estrujado del deseo que sentía por ella, por sus hombros desnudos, por el perfume maldito con que lo había marcado al abrazarlo. Toda la fiesta había estado sirviéndose copita tras copita con la esperanza de ahogar eso que lo hacía sentirse caliente y triste al mismo tiempo. La actriz lo sacó a bailar delante de su esposa, que le sonrió con todo el asco del que fue capaz, y se abrazaron mientras se desplazaban por el pasto muy apretados, incomodando al abogado, a la cuñada y a su padre, que se tragó la revelación de una sexualidad enquistada entre esos dos hermanos, esos dos infelices que no se daban cuenta de nada.

Ella desapareció minutos antes de cortar la torta (esta escena se repetirá a lo largo de su matrimonio: ella desaparecerá de la imagen). Se fue al cuarto de su madre para espiar la fiesta desde la ventana. Mirar cómo era su mundo cuando ella no estaba en él. La travesti que la había maldecido hacía un momento dormía desnuda boca abajo en la cama de su mamá, seguramente vencida por la borrachera que había comenzado con los brindis a media mañana. Se sentó a los pies de la cama para no despertarla y se dedicó a mirar a su esposo. El mismo hombre del noviazgo más dulce y cachondo que había tenido en su vida. Lo vio andar entre la concurrencia con su sobrina en brazos, hurgando entre los invitados, con el ceño fruncido de tanto preguntarse dónde se había metido su esposa esta vez. Pero también vio a los amigos que había invitado, el selecto grupo de amistades íntimas de su flamante esposo. Homosexuales afortunados con apellidos que sugerían sueldos justos, vacaciones en el extranjero, cajas de ahorro abultadas y el atontamiento que esos privilegios dejaban. Reconoció el modo en que los compañeros de la universidad de su esposo, los compañeros del Monserrat y sus parejas miraban a sus amigas travestis, seguramente no menos afortunadas ni menos adineradas, pero sin ese cordón umbilical con la burguesía que ellos amaban tanto.

Se juzgó ceñida en el vestido rojo, abatida por una firma en un papel, por un *sí, acepto* dicho mecánicamente en un registro civil. Se asesinó con sus pensamientos, impiadosa y parcial, mientras su amiga roncaba. Le dolía admitir que ya estaba hecho, que había firmado su sentencia unas horas antes y que nunca más sería la travesti libre y despreocupada que había sido.

Volvió a la fiesta, dejando a su amiga desnuda, que murmuró dormida cuando ella salía de la habitación:

—Las traiciones se pagan. Ya vas a ver lo cara que te va a salir la locurita.

—¿Querés que adoptemos un hijo? —le preguntó el abogado sin anestesia en plena luna de miel en Madrid. Malasaña estaba repleto de turistas y apuraban las copas de chardonnay, una tras otra. Ella soltó una carcajada.

—¿Por qué me decís eso? ¿De dónde viene esa pregunta?

Él se decepcionó con su respuesta. Le dejó de hablar un día por eso.

La actriz comprendió que era una propuesta muy seria, tal vez más seria que la propuesta de casamiento.

La raíz del miedo

Cuando tenía siete años —todavía su nombre era de varón—, la actriz vio cómo su madre se quemó con la hornalla al rojo vivo de la cocina en la que había calentado la cera depilatoria. La vio apoyar la mano distraídamente en la hornalla mientras le pedía a la chica que limpiaba en la casa que no sacudiera al Buda de madera con el plumero, que lo insultaba, que usara una tela especial que estaba a un costado. La madre quitó la mano de inmediato con un grito, descompuesta de dolor, y la puso bajo el chorro de agua fría.

—¿Está bien, señora?

—Sí, sí, no es nada.

—¡Qué pelotuda! —exclamó al verla quemarse y gritar así. Su madre era perfecta. La única que no se equivocaba, y ahora se había quemado.

—¿Te causa gracia? —preguntó la madre.

Con un gesto limpio y veloz, tomó por la muñeca a su hijo y le asentó la mano en la misma hornalla donde antes ella se había quemado.

La chica que limpiaba ahora los libros de cocina sobre la heladera y el microondas no intervino cuando la madre castigó al niño.

—Ahora somos dos los pelotudos —le dijo, y lo agarró por la muñeca otra vez y le puso la mano bajo el chorro de agua fría. El niño lloraba desconsolado. Se fue a su cuarto y se encerró con llave. No dijo ni una sola palabra más a su madre durante ese día y los días que siguieron. La madre iba con sus ungüentos y sus placebos para consolarlo, le ponía cremas, le soplaba la mano.

El niño no decía palabra.

La madre reconoció su desborde. El silencio la hizo comprender hasta qué punto odiaba a su hijo. Lo odiaba a pesar de quererlo intensa y locamente. No podía perdonarle su existencia.

Cuando el padre se anotició, le reprochó a la esposa su brutalidad.

—¿Cómo le vas a quemar así la mano? Tendría que denunciarte.

—Vos lo castigás peor —le retrucó la mujer.

—¿Cómo le vas a quemar la mano así a una criatura?

—No lo pensé —dijo la madre.

La quemadura se ampolló, luego se secó con una costra que protegía lo que ya no protegería nadie, y le quedó una pequeña cicatriz, como una mancha de nacimiento. Y es lo que era, finalmente, esa cicatriz. La mancha de haber nacido y conocer a muy temprana edad de lo que son capaces las madres.

Pasaron los años y, cuando la madre cumplió los cincuenta, la actriz le reprochó aquel trauma. Ella se rio, se desentendió por completo. Insistió en que todo eso era mentira, que nunca había sucedido.

—Cómo podés pensar que soy capaz de hacer algo así. Soy loca pero no tanto. Cómo te voy a quemar a propósito, hija, cómo vas a imaginar algo así.

Había sido sin querer, solo había querido apretarle la muñeca y en el forcejeo la había quemado.

—Lo inventó todo tu padre para ponerte en mi contra.

—No es verdad. Yo sé qué es cierto y qué no.

—Te lo juro. Fue tu padre, porque siempre te quiso para él. No soportaba que me quisieras más a mí.

—¿De dónde sacaste que te quería más a vos que a él?

—Yo también sé qué es cierto y qué no.

En la infancia, el animal materno se desplazaba por encima de su vida ocupándolo todo. Si ella se resfriaba, la madre fingía una bronquitis. Si a ella le dolía un golpe que se había dado, su madre tenía migrañas apocalípticas. Si ella estaba triste, su madre tomaba tres o cuatro pastillas para dormir y fingía sus pequeños suicidios. Cuando el padre intentaba un movimiento para acercarse a su hija, la madre clavaba sus límites y los apartaba con un arte para el veneno que hubiera dejado mudo a cualquier sicario.

Esa era la única maternidad que la actriz conocía. Un territorio de guerra con su propia madre. Luchar por algo en el mundo que fuera solo para ella, algo inmaculado, que nunca hubiera sido tocado por su madre.

Y el abogado se ponía a insistir con lo de ser padres. Parecía muy seria la idea de formar una familia, no una casa o un hogar, sino una familia. Adoptar a un huérfano o mandarlo a hacer en Miami, robarle el hijo a alguna chica pobre que no pudiera criarlo. La actriz no tenía la más mínima idea de cómo sería su maternidad, ni tampoco ganas de averiguarlo. No se lo planteaba por su propio deseo, lo hacía por él, porque ya era imposible imaginarse sin él.

—¿Te casaste conmigo porque querías adoptar?

—Me casé porque quise. Pero ahora nos va a resultar más fácil.

Se había acostumbrado a llegar al teatro tres horas antes de la función, para concentrarse, estirar los músculos, hacer algunas posturas de yoga, bailar un poco y revisar que todo estuviera en su lugar, en el camarín y en el escenario.

Para ella, el confort residía en que la materia respondiese a gestos ciegos, un gesto para accionar el lector de la puerta de ingreso de su edificio, un gesto para que la música sonara en toda su casa, un gesto para tomar la taza y arrojarla directamente al espejo del baño rojo que se veía al fondo de la escenografía en *La voz humana*. Un gesto para arrojarle un pote de crema a su director cuando este le hacía escenas de celos desmesuradas y luego llegaba a los ensayos con alguna noviecita veinteañera para restregársela en la cara. Movimientos que no implicaran razonamientos. Ella quería su cabeza despejada para poder pensar en otras cosas. No en trazar una línea con alguna extremidad, a conciencia, dirigiendo la mirada a un punto particular. No en meditar sobre lo que haría el cuerpo después y con qué fin. Su técnica funcionaba. Nunca había fallado al reventarle contra la espalda al director lo que tuviera a mano en su camarín o en estrellar la taza de té contra el espejo del fondo que estaba a unos cinco metros de distancia. Un espejo roto por cada función, desafiando la mala suerte.

Los sábados hacía dos funciones con un intervalo de 45 minutos entre una y otra. De modo que llegaba mucho antes de lo habitual.

Este sábado en particular, mientras fumaba un porro en tanga y *déshabillé*, en la pantalla de su reloj apareció un nombre que ella no estaba acostumbrada a ver. La llamaba su hermano, el torpe e incapaz muchacho de pueblo, ese medio hermano que siempre adoptaba una voz apenada cuando le pedía un favor. Antes de atender, ella se cubrió el cuerpo, como si del otro lado el hermano pudiera verla, así como estaba, semidesnuda. El reloj de la actriz, conectado al sistema de sonido dentro del camarín, hizo que la voz de su hermano sonara en estéreo. Le pedía, concretamente, que cuidara de su hija el fin de semana, porque tenían entradas con su mujer para un recital en Buenos Aires.

—El pa me falló, se fue con una mina a la casa y quería estar solo. Y la niñera acaba de avisar que tiene a la madre enferma y no va a poder.

No le resultaba fácil pedirle un favor a su hermana, primero por lo mucho que la detestaba y segundo porque detestaba mucho más a su marido. Ese maricón que siempre parecía recién salido de la peluquería, que caminaba frunciendo el culo como si los huevos se le fueran a perder, que no sabía más que agradecer y pedir por favor y perdón y darse aires de aliado feminista, con sus ojitos de agua marina como salvoconducto para todo, y que sofocaba a su hermana con sus ademanes de lomo virgen. No quería que su hija viviera una vida (aunque fuera un fin de semana) en la que todo sobraba. No quería que lo mirara después con pena por no poder ofrecerle esos lujos con los que volvía enloquecida de la casa de su tía, exigiendo chocolatada con leche de almendras o queso camembert para comer con los higos del patio. Pero la necesidad tiene cara de hereje y, siempre incapaz de solucionar algo sin la mediación de su padre o su hermana, el hermano tuvo que evaporar su complejo de inferioridad y recurrir a ella.

—No me quiero perder el recital. Te traigo de regalo algo que te guste de allá —agregó, y luego terminó de lanzar la red—. Si aceptás, tendría que pasar a dejártela por el teatro en un rato, porque el avión sale en tres horas.

La actriz aceptó sin consultarlo con su esposo. A la media hora, llegó su sobrina al camarín completamente maravillada con ese submundo de pasillos y humedades. En un bolso, el hermano había puesto ropa, juguetes, cuadernos y lápices de colores. También dinero y un teléfono celular que la niña podía usar para hablar con él o con su mamá si tenía ganas. La actriz se sorprendió un poco con esos detalles. No lo imaginaba ocupado de su hija. Le gustó saberlo. Y le gustaron las flores que trajo para agradecerle. Un ramo de narcisos envueltos en papel de diario.

Mientras la niña hurgaba todos los maquillajes y era malcriada por la asistente, el hermano preguntó lo usual, desplegando las alas de Pegaso que todo chico como él guardaba como un arma. La mirada pueblerina, la elegancia de un cuerpo que se afina y se tonifica a fuerza de levantar baldes, revocar, cargar arena, alzar dinteles, armar andamios, descargar camiones con ladrillos, bolsas de cemento. Su hermano nunca enfermaba. Comía más que ningún otro hombre que conociera, era manipulador y conservador, y se agarraba muy seguido a trompadas con cualquiera que no le cayera en gracia.

La actriz sentía todo eso que era su hermano alojado como una piedra helada dentro del pecho. Algo que le impedía respirar en su presencia. Percibía su odio, su culpa por desearla y creer que era la mujer más interesante del mundo. Cuánto quiso gustarle a su hermano, cuánto quiso ser amada por él en ese momento. El hermano, al irse envuelto en el perfume de su hermana, que impregnaba incluso las paredes del camarín, también tuvo ganas de ser lo suficientemente exitoso para interesarle. Pero para gustarle a ella tenías que ser abogado, tenías que ser rico y esnob, había que saber de vinos y conocer el mundo.

Su sobrina se quedó con ella y su esposo dos noches. La primera vez con una niña en casa. Así rompió su primer paredón. Durante ese fin de semana, no tuvo deseos de quemarle la mano en una hornalla, no quiso sufrir más que ella ni ser más víctima que ella, y los gestos para cuidarla le resultaron naturales, no tenía que pensar en nada. Su cuerpo se ocupó de llevar y traer a la sobrina en brazos, de darle de beber y comer lo que quería, de pedirle silencio y que lo acatara. Y, tal como había previsto, el esposo se fascinó con la idea de jugar a la casita.

Fueron a pasear y se miraron en los cristales de las vidrieras, y se gustaron y gustaron a los demás, los que miraban. La postal de una familia joven continuaba siendo un comodín para obtener privilegios, seguía siendo una promesa. Y también un espectáculo. Una pareja joven y guapa, con una criatura tan bella. Una actriz de su talla, paseando con su familia por el parque, como si en el mundo no hubiera cambiado nada, como si la promesa de los niños fuera suficiente para la prolongación de la especie. Algunos la reconocieron, la felicitaron, le preguntaron si la niña era suya, y ella respondió que era su sobrina, y la gente retrucó que le quedaban bien los niños, que para cuándo el propio.

Yo no quería eso. No quería jugar a la casita. No quería tener un hijo con vos. Yo quería nuestro egoísmo.

Como no podía ocurrir de otra manera, la niña tropezó en la vereda y se raspó la rodilla. La actriz casi enloqueció de miedo al ver la sangre.

El esposo, que era manso, antes de calmar a la niña que apenas lloraba, le habló muy despacio a la actriz, mirándola a los ojos con la misma mirada aterida de la noche en que se habían conocido. Los ojitos blandos de su esposo.

—Los chicos se caen todo el tiempo. No es tu culpa que se haya caído, tranquilizate.

Luego limpió la herida de la sobrina con un algodón embebido en alcohol yodado, sopló para aliviar el ardor y le puso una venda para que nada rozase el raspón, que era profundo. Parecía saber desde siempre cómo tratar, curar, hacer dormir, divertir y poner límites a una niña. Esto, por supuesto, no funcionaba con su esposa. A ella la desconocía todos los días.

Y así la actriz se rindió. No supo por qué, pero aceptó tener un hijo con él. Después de preguntárselo al I Ching y a las cartas del tarot de su madre, a las viejas travestis que dormían en el cielo y a las antiguas travestis que paseaban entre las sombras, a la carta natal, después de consultarlo con la almohada, las runas y las formas de las constelaciones, de hablarlo con su psicoanalista y sus mejores amigos, después de rastrear hasta el más mínimo augurio tenebroso, le dijo al esposo, mientras reposaban después de coger, que sí, que quería intentar la adopción. Él dijo que también podían ver la posibilidad de alquilar un vientre y ella le dijo que de ninguna manera.

—Sería más rápido, lo podemos pagar, adoptar nos puede llevar años.

—No, no quiero.

—¿Por qué no querés?

—Porque tenemos que irnos a la loma de la mierda. Y no quiero gastar esa fortuna.

—¿Por qué no?

—Porque está todo el puto progresismo ahí afuera esperando que dé un mal paso para salir a crucificarme.

Él hubiera preferido que respondiera en nombre de sí misma. Pero ella no quiso decirle la verdad.

Amarás a tu madre por sobre todas las cosas

La actriz va al cuarto de su hijo, que está recostado mirando la televisión.

Los belfos de un caballo blanco se le cruzan por la cabeza, el ritmo de las herraduras cortando el silencio de la siesta en su pueblo.

—¿Puedo pasar o tengo que pedir una cita? —pregunta, mientras araña la puerta del cuarto como un gato pidiendo entrar.

Al escucharla, el niño se retuerce de alegría en la cama y le dice que pase. Se sienta y pone pausa a una película con un gesto ciego, un botón en su reloj. Un niño con un LCD de 75 pulgadas a su disposición.

Está perdidamente enamorado de su madre. Enloquece por el modo en que ella le habla de una manera tan dulce, tan respetuosa e irónica, con una pizca de elegante maldad; no como su padre, que no deja de hablar como un maestro de escuela condescendiente. Aunque su madre es distante y cínica, es la persona que más cerca tiene en el mundo. Nunca había estado tan cerca de una persona como lo estaba ahora de esa travesti que era su madre.

—¿Querés tomar la medicación? —le pregunta. El niño asiente con la cabeza.

Otra vez el cuello del esposo y ese beso que alguien dejó para que ella lo encontrara. Una pequeña marca en su territorio, como una meada ajena en su jardín. Regresa a la cocina por un vaso de agua y vuelve masticando su rencor.

Va hasta la cama de su hijo y toma de la mesa de luz el comprimido de lamivudina, zidovudina y nevirapina, lo parte en dos y pone en la lengua de su hijo una mitad. El niño inmediatamente toma agua, ella pone la otra mitad y otra vez toma agua. Es muy amargo el sabor. Hacía poco tiempo que el niño había cambiado los antirretrovirales en jarabe por las pastillas. Debía tomar una cada doce horas. Como eran pastillas grandes, la madre las partía. Al principio, las untaba en un poco de dulce de leche, pero pronto el niño dijo *no, no quiero más dulce, las voy a tomar así.* Y comenzó a soportar esa amargura en la boca, primero con alguna arcada y luego como si nada.

—¿Por qué pintaste los espejos del hall?

—Porque estaba aburrido.

—¿Y estar aburrido te da derecho a todo?

—Por ahora sí.

—¿Y por qué usaste mis pinturas? ¿No te compramos de todo para que pintes?

—Pero no me compraste pinturas como las tuyas. Es como pintar con barro.

Efectivamente, los muebles del cuarto del niño, las sábanas, el vaso con Coca-Cola en la mesa de luz, la mesa de la cocina, la puerta de la heladera, todo estaba manchado con "el barro" de sus labiales Givenchy, Dior y Mac.

—Tendrías que limpiar el espejo antes de que los vecinos se quejen.

—Sí, pero lo voy a limpiar mal. Mejor que lo limpie papá.

—Tu papá tiene que manejar mañana, no va a querer hacerlo. Lo voy a tener que limpiar yo.

—¿Viene con nosotros a casa del abuelo?

—Sí.

—No quiero que venga, quiero que vayamos solos. Que se quede. Nunca habla en la casa del abuelo. Va para jodernos.

—¿Por qué para jodernos?

—Nunca me das bola cuando está él.

El esposo viene de la cocina y se asoma al cuarto desde la puerta. Lleva en la mano una copa de vino para la actriz, que ella recibe con gratitud. Tiene olor a comida, en el pelo, en el pecho desnudo. El padre ordena el cuarto también en un solo gesto: pone los juguetes en un canasto, las zapatillas bajo la cama, cierra las cortinas, pregunta si ya tomó la medicación y si tiene ganas de ir mañana a ver a sus abuelos.

—Ya te dije que sí. No molestes. La que no quiere ir es mamá.

—¡Yo sí quiero ir! —grita la actriz.

Risas, ni ella se cree. El niño les pide que se vayan, que lo dejen mirar tranquilo la película. Es un miembro de esa familia, es innegable. Porque pertenece a ese pequeño mundo es capaz de exigir su propia soledad como acaba de hacerlo. El padre vuelve a la cocina, no sin recordarles que el plan para mañana es despertar muy temprano, desayunar y salir al campo. Da la espalda y se va veloz, ondulante. Ella se recuesta un momento junto al niño. Está urgida de su hijo también, está desesperada por una caricia suya. Este sentimiento siempre le estalla dentro, implosiona repentinamente. El niño la acaricia con tanta naturalidad, a pesar de que no lo tenía previsto, con tanta dulzura que ella gime.

Escucha cantar a su esposo, en voz muy alta, muy desafinado, otra canción de la bendita Tina Turner.

—¿Me extrañaste en el teatro?

—Mucho.

—¿A papá lo extrañaste?

—Mucho también.

—¿Más que a mí?

—Eso no se pregunta.

Mommie Dearest

El niño ya lleva tres años con ellos. Tres años desde que durmió por primera vez en esa casa y comenzó a acostumbrarse a llamar papá y mamá a esas personas que lo habían adoptado. Tres años de desayunar, irse de vacaciones y ser protegido por ellos. Tres años de contrastar la buena vida que lleva en esa casa con la vida que vivió en el instituto antes de la adopción. Tres años de compensaciones, obsequios, condescendencias, natación y ropa costosa, de sus comidas favoritas, de hacer *lo que quiere, cuando quiere y como quiere.*

La última noche en que durmieron juntos como un matrimonio sin hijos, poco antes del amanecer, el esposo se despertó sin aire, como desde el fondo de una pesadilla. En un intento por dirigirse a la cocina, en medio de la oscuridad para no preocuparla, chocó con el vano de la puerta y, como estaba medio dormido, se cayó de culo. La actriz se despertó, lo buscó y lo llevó de la mano hasta la cama, pero no pegaron un ojo hasta que el sol invadió su intimidad, colándose por las cortinas mal cerradas.

—¿Estás seguro?

Él tenía los ojos llenos de lágrimas.

—Tengo miedo de que nunca más seamos una pareja. Que seamos como los matrimonios de tus amigos. Que se termine el juego.

Él lloraba sin responderle.

—Podemos pensarlo mejor. Podemos irnos a cualquier parte del mundo, la que más nos guste, pensarlo, seguir jugando, escapar un poco del laburo.

El abogado giró en la cama y se tragó en silencio el flaqueo de su determinación. Su travesti lo había dicho, había dicho lo que él deseaba. Irse con ella. No ser más que dos.

Y luego, mientras iban al instituto (él manejaba su auto importado entre los crotos de la ciudad que arrastraban sus carros con cartones), se cubrió de transpiración, sus labios temblaron dentro de la palidez de su piel.

—No sé qué me pasa, estoy muy nervioso, no puedo manejar.

Estacionaron un momento para tranquilizarse.

—¿Estás bien? —le preguntó ella mientras le frotaba las rodillas.

—Sí, eso creo. Es solo que quería darte las gracias.

—Manejo yo.

—Puedo manejar. —Hizo una larga pausa tragando el llanto, que no le arruinaría las palabras—. Siento mucha alegría, no puedo ser más feliz.

Hasta ese día en que el abogado se descompuso en el coche mientras se dirigían a buscar definitivamente al niño, habían tenido varios encuentros con él, muy breves, de una o dos horas, coordinados por la asistente social, una morena pelicorta locuaz y espontánea, que decía lo primero que venía a su cabeza y que no podía creer estar trabajando con una de las actrices que más admiraba en el mundo. Era muy solícita y estaba feliz de poder ayudar en un caso de semejante resonancia.

LA GRAN TIRANA SE TRANSFORMA EN MADRE E INSULTA LOS PRINCIPIOS SAGRADOS DE LA FAMILIA ARGENTINA

Se conocieron en un almuerzo al que la invitaron la actriz y el abogado. El vino que habían tomado era más caro que las expensas que cada mes pagaba la asistente social, y ella había pensado que eso era un gesto cortés.

—Cuando una familia adopta, el mundo me parece mejor. —Fue lo primero que dijo y lo hizo como en trance, algo que a la actriz le pareció un poco ensayado.

Pero era cierto, podía jurar su alegría. Se encontraba muy conmovida delante de ella.

—Ojalá que la gente siga tu ejemplo. Es raro que los famosos adopten.

—Es raro que la gente en general decida adoptar, supongo.

—Sí, o se deciden, inician los trámites, pero se decepcionan al poquito tiempo. Por eso, quién te dice, al verte a vos, resisten…

Y agregó encogiéndose de hombros, con toda la indiferencia que le daba la burocracia:

—La gente siempre quiere hacer lo que hacen los famosos.

La actriz la miró sin saber qué decir.

—Además, piden bebés rubios. Parece mentira, pero a los que son como él, seropositivos o con alguna discapacidad, los dejan morir ahí dentro.

Ya había en el país antecedentes de madres adoptivas travestis. Luego de tantas crisis económicas, aparecía un huérfano nuevo cada día. Las familias empobrecían, los niños se escapaban del alcoholismo de sus padres, muchas veces a los adultos se los tragaba la tierra, también morían de hambre, de rebrotes de sarampión, de los virus recientes para los que el cuerpo aún no encontraba anticuerpos, las pestes para las que aún no había vacunas. Las travestis se ocupaban de ese tendal de niños sin padre ni madre que boyaban por la ciudad. Cuando desde los medios de comunicación salían a la caza de la opinión pública —*¿Usted cree que es posible que las travestis se hagan cargo de la vida de un niño? ¿Cree que pueden ser niños sanos? ¿Acaso no están condenados los niños a la homosexualidad? ¿Los violarían? ¿Sabrán dar amor?*—, las personas respondían que el mundo se encontraba en tal proceso de devastación, tal podredumbre, que era mejor el amor venido de esas madres que el desamor. No era una novedad que las travestis se prostituían para mantener a sus hermanos menores, para enviar dinero a sus casas en provincias lejanas u otros países. Daban ese dinero a sus sobrinos, a los hijos de sus amigas. Tías, madres postizas, madrastras, nadie desconocía que, desde hacía muchos años, muchísimos, las travestis ocupaban el rol que nadie en este mundo podía o quería ocupar, ni siquiera el Estado, que son esos afectos sin nombre, sin estatuto, esos afectos inclasificables en los que vivían todavía las travestis. Madres de nadie, hijas de nadie, amores de nadie, vecinas de nadie, tías de nadie.

Y estaba la actriz, que no era como las travestis que se citaron antes. Ella podía pagar niñeras. Ella podía incluso ir con el esperma de su esposo, el abogado de metro ochenta y pico que trabajaba para las familias más influyentes y ricas de la provincia, a cualquier lugar del mundo y contratar a una muchachita que les alquilara el vientre por unos cuántos dólares. Ella salía en fotos con ministros, presidentes, embajadores. A la vista de otras, a quienes la vida con hijos les resultaba cuando menos estrecha porque el dinero no alcanzaba, ella no perdía nada en esa adopción. Era como si cualquier mujer acomodada quisiera adoptar un huerfanito. Hacer el bien.

Como eran ellos, las cosas fueron mejor. ¿Cuántas parejas tenían el privilegio de que una asistente social los citara personalmente para facilitarles la adopción, hasta el punto de resolverla inmediatamente? La actriz sabía que el abogado por sí solo no hubiera podido. Tampoco si hubiera estado casado con otra o con otro, qué más daba. Era ella la que servía a todo el circo. Ella y su fama. Y, si ella hubiera estado sola, tal vez la opinión pública hubiera dicho: *¡No! Cómo darle un niño en adopción a una actriz antipática, a una exprostituta sin talento.* Aunque, claro, ella sola jamás hubiera pensado en adoptar a nadie. Lo único que podía adoptar eran nuevas dietas.

Todos tenían algo que decir sobre mí. Parecían saber algo sobre mi decisión que se había escapado al análisis. "Vos lo único que querés es retener al maricón de tu marido", me dijo una amiga. Y tal vez era cierto. No sería ni la primera ni la última relación que prolongaba su desahucio por la llegada de un hijo... Me sorprendió cuántos pensaban que este es un mundo donde los niños nacen por amor.

Finalmente tuvieron un desenlace favorable, las cosas salieron redonditas, y ella quiso abandonarlo todo, cambiar de nombre, de número de teléfono, de domicilio, de profesión, no ver más a su esposo ni al niño. Mudarse a otro país y comenzar una nueva vida con un nombre diferente.

Una travesti sin pasado. Una travesti que no solo elegía su nombre y su género, sino también el tipo de historia que la fundaba.

Ahí tenía su escena.

El prontuario del hijo

—Es un caso difícil, el niño ya tiene seis años y es un paciente vertical, no es lo mismo que adoptar un bebé.

—¿Vertical? —preguntó el abogado.

—Nació con VIH. Se lo transmitió la mamá.

La asistente les habló crudamente, sin promesas ni eufemismos. Ofrecía toda su voluntad y sus ganas de ayudarlos.

—Pero este es el reino del revés, este es el país del andá a saber o el nunca se sabe, acá se les puede ir la vida a ustedes y a esos chicos y que no avance ni un casillero este tema. Si no están seguros, es mejor que vuelvan a su casa y se dediquen a vivir una hermosa vida sin hijos. Se los digo yo, que tengo mellizas.

Y prosiguió con la historia.

La madre del niño se había suicidado al enterarse de que era portadora de VIH, cuando él tenía tres años. La encontraron con las venas abiertas en el charco de su propia sangre. El llanto del niño alertó a todos los vecinos de la pensión.

La abuela lo llevó a vivir con ella y con su esposo, en un pueblo de las sierras. Los abuelos superaron la muerte de su hija con su llegada. Lo arroparon, le enseñaron a decir sus primeras palabras.

También lo llevaban al infectólogo, le daban su jarabe, hacían pan casero, arroz con leche, le cosían su ropa, a veces iban al cine a ver una película de animación. Cuando la asistente les contó esta parte de la historia, la actriz pensó que tenía talento para la narrativa. La asistente decía que eran cosas que le había contado el niño.

La abuela le compró una bicicleta con rueditas de apoyo y le enseñó a andar, lo abrazó, abrió la puerta de calle y lo dejó salir a jugar con otros niños. Se hizo hábil en las contiendas con la burocracia de los hospitales y la condición serológica de su nieto, entabló amistad con los infectólogos y con todo el personal de Hemoterapia, y aprendió lenguajes nuevos, nombres de cosas que jamás había imaginado en la vida. Carga viral, CD4, antirretrovirales. Cuando ella no podía llevarlo a sus controles, lo llevaba el abuelo. Lo tomaba de la mano y lo alzaba en los colectivos. Luego de la visita al hospital, lo llevaba al piso de los juegos en el shopping.

La actriz se preguntaba cómo manejaba toda esa información la asistente social. Su esposo parecía no preguntarse nada, sino más bien rogar con las pestañas.

Luego, el niño vio cómo su abuelo le asestaba dieciséis puñaladas a su abuela. Después lo vio dirigirse al garaje y pegarse un tiro en la boca.

Fue a parar al instituto, a la espera de que alguien lo rescatara. Ahí estaba desde entonces, tímido, siempre temeroso, sin tiempo para llorar, en esa sociedad habitada por huérfanos, bajo la violencia primitiva de esos niños, instigada por el mundo de adultos que los rodeaba.

Dos años de oír cómo la enfermera del lugar se quejaba de los horarios de su medicación.

—Ya tenés edad para hacerlo solo. No soy tu esclava.

Dos años de juegos a los golpes, siempre a los golpes. Dos años de sentir terror por esos niños más grandes.

Y, un día, el niño destinado a ser ignorado fue visto por alguien. De pronto le hablaron de aquella familia. Le habían mostrado fotos.

—A ella la debés conocer —le dijo la asistente señalando una fotografía en una revista.

—No, no la conozco.

—Es una actriz muy conocida. Es artista como vos. A vos te gusta dibujar, ¿no?

—Sí, me gusta.

—Bueno, razón suficiente entonces para que se conozcan. Una actriz y un pintor.

Y por primera vez se vieron en el patio del orfanato. El niño tenía el pelo negro, casi rapado. Portaba unos ojazos de animé japonés, con ese relumbre húmedo que le daba el haber sido tocado por la tristeza desde muy pequeño. Al verlo, era imposible no quererlo. No era extraño el sentimiento para nadie que lo conociera. Sus rodillas se rozaban al caminar. *Rodillas cariñosas*, le decían en la escuela. Casi nunca usaba pantalones cortos. Cuando sus futuros padres lo saludaron, experimentaron ese amor. No es novedad que los padres adoptivos digan cosas como: *Cuando lo conocí, sentí que lo quería desde siempre, como si fuera mío, como si lo hubiera parido.* Como una autoprofecía retroactiva, que confería amor a un pasado que nunca había existido. Pero ahí estaba, y era auténticamente falso e inútil como cualquier otro sentimiento.

El niño, en cambio, había tenido encuentros así antes. No eran los primeros que se encontraba en el mismo patio deslucido, a la misma hora y con la misma asistente social. Los pincelazos de Dickens coloreando las escenas repetidas de su vida. Para él era otra mentira más. Y cuánta razón tenía.

La actriz y su esposo llevaron golosinas y una tarta de coco con dulce de leche, también leche chocolatada y medialunas, pero el niño no se atrevió a comer, un poco por la desconfianza y otro poco porque su timidez le cerraba el apetito. En cuestión de minutos, la mentira se disfrazó de la mejor verdad, cuando vio a la actriz vestida con esos colores, un vestido naranja y fucsia con mangas abuchonadas que parecía a punto de salir volando. Ella le sonrió y luego dejó de mirarlo para dedicarse a comer. El niño levantó las barreras al ver cómo la actriz devoraba los manjares que habían llevado y se llenaba los bordes de la boca de azúcar impalpable. El esposo de la actriz se apenó al verla comportarse como una *Australopithecus afarensis*.

—Si seguís comiendo así, no le va a quedar nada a él —le dijo riéndose.

—¡Ay! ¡Perdón! —dijo ella—. Me pongo nerviosa y como, no puedo parar.

Se atragantó con una miguita y al toser le salió leche chocolatada por la nariz. Al niño le dio un ataque de risa. La asistente social no pudo contenerse y soltó una carcajada que sonó como un bocinazo, y eso hizo reír también al esposo. Y así, como mucho de lo que se funda en la risa tiene un porvenir alegre, la asistente se mostró optimista y comenzó a agitar las aguas en las oficinas burocráticas. Era un buen caso para lavar la cara del Estado.

A lo largo de los encuentros, al niño le divertían los descubrimientos que hacía de su posible futura mamá. El perfume de su pelo y el aroma que desprendía su ropa. El brillo de su piel. El vicio por interrumpir los parlamentos de su esposo cuando se distraía. Los chistes fuera de lugar. La imprudencia de los comentarios que soltaba como detonaciones en un clima tan delicado como el que atravesaban. Fueron meses en los que a veces iban a una confitería donde pedían licuados enormes que él nunca terminaba, y volvía al instituto con las manos llenas de regalos que después los otros niños tomaban como propios.

La actriz, su esposo y la asistente social avanzaban papel sobre papel, firma sobre firma, examen tras examen para hacer concreta la custodia definitiva.

En el segundo encuentro en la casa del matrimonio, ella le preguntó al niño qué le gustaba hacer. Una pregunta bastante estúpida y casi imposible de contestar. Pero ahí fue la criatura a decir una verdad.

—Dibujar —respondió muerto de vergüenza—. ¿Y a vos?

—Comer y dormir.

El esposo lo corroboró.

—Es cierto, come, duerme y a veces se acuerda de mí.

Él dice eso, pero yo recuerdo nuestra pareja antes de su forma final. Hubo una felicidad insoportable que ahora retiraba para dársela a un niño. Lo cierto es que me moría de celos.

Cuando empezó la épica de su paternidad, sentía que los años de alegría daban paso a una escena en la que quedaba la parte menos interesante de mí misma.

El niño aceptó el destino con mucha tranquilidad. Y no es que no le costara la idea de ser adoptado, no volver más al hogar ni a la rutina de horas secas en las que perdía su niñez como por una gotera. Pensaba mucho en los amigos que dejaba atrás. En la costumbre de la luz del cuarto, en las plantas moribundas del patio, los talleres, los tablones del comedor. La profesora que ayudaba con las tareas de lengua, las clases de música que lo habían divertido tanto. También pensaba con nostalgia en el niño de doce años que lo llevaba de la mano a uno de los baños y lo besaba y tocaba en todo el cuerpo, de punta a punta. El rubor, la sensación de caer por un abismo, las ganas de pedir auxilio cuando después de una larga masturbación había visto a su amigo teniendo su primer orgasmo. El muchacho que al despedirlo se llevaba el dedo índice a la boca para pedirle que guardara el secreto, como la foto de una enfermera estampada en la puerta de la enfermería del lugar. Andaban escondidos donde podían, debajo de las escaleras, bajo las camas, bajo el horno del comedor, olisqueándose, tirándose tarascones, abrazándose y jugando al papá y la mamá. Criticaban e imitaban a las enfermeras y a las guardias, y a los niños que les caían mal o con quienes habían reñido. El futuro hijo de la actriz supo hacerse del mejor aliado para sobrevivir. El niño podría haber contabilizado las horas perdidas en la noche, con los ojos de animal asustado, en el recorrido de ese amor, el único de entonces que no le tenía miedo al contacto como los demás, que lo agredían y alejaban como a una peste.

—Qué suerte. Eso se llama tener muchísima suerte —le dijo cuando se enteró de que lo iban a adoptar.

—Me gustaría que nos fuéramos los dos.

—Yo ya estoy viejo para eso.

—Eso no se sabe.

—Qué no voy a saber...

Le preguntó si era verdad lo que se decía sobre su nueva tutora, que era famosa y travesti. El niño no supo qué responder. No sabía qué significaba esa palabra, de manera que la siguiente vez que la asistente social vino por él, para llevarlo a otro encuentro con sus futuros padres, el niño la interrogó.

—¿Qué quiere decir ser travesti?

La asistente social se paralizó. Una pregunta que los adultos como ella nunca supieron responder. Ni las mismas travestis se atrevieron a dar una respuesta. Y no porque le faltara disposición o porque escaseara el lenguaje, sino porque, aún en estos tiempos de los que hablamos, esa palabra continuaba siendo un misterio. Cuando el niño preguntó qué significaba ser travesti, la asistente social registró su cansancio por primera vez desde que había conocido a este matrimonio para ayudarlos en su paternidad. Por los trámites de esta adopción en particular, por la decepción que había implicado conocer a la actriz, cuya simpatía era inversamente proporcional a su talento, por la presión mediática y porque una vez que conoció a la pareja tuvo la sospecha de haber cometido un error. De estar entregando un niño a dos narcisistas que ni siquiera estaban seguros de qué día era hoy, ni qué año ni qué mes. A pesar de sus mejores intenciones, se había agotado en discusiones sobre la identidad de la actriz. Había tenido que vérselas con el odio a las travestis de los funcionarios públicos. Las cosas que decían en la televisión, las injurias que se publicaban en las redes sociales. Los cuestionamientos de sus superiores, sus pares y los que estaban subordinados a ella. Eso la tenía sin vida ya.

Dijo *basta, m'hijito, hasta acá llegué, que se las arreglen ellos con una psicóloga*, y planeó una reunión exclusiva para sincerarse con el niño y la "cuestión travesti" de la futura madre adoptiva. Una reunión escarmentadora.

La actriz objetó, pero la asistente, que de ser amor y mieles podía convertirse en su peor enemiga, se negó incorruptible. Se reunieron en casa de la actriz los dos futuros padres, la asistente social, una psicopedagoga y el niño. Igual que en el teatro, cuando la actriz se arroja al teléfono que suena, igual que cuando lanza la taza de té contra el espejo y contrae siete años de mala suerte, igual se cortó el aire con una tijera ese día. El niño, con ropa de segunda o quinta mano, sentado en el sofá de cuero vacuno de cuatro cuerpos que reinaba en el living de sus futuros padres, estaba expectante de lo que pudiera decirse en esa reunión que intentaba camuflar la gravedad del asunto. Sin embargo, la amargura en el rostro de la actriz refulgía. Sentía culpa frente a su esposo por poner en peligro la adopción con una parte de su cuerpo que parecía poner en peligro todo. La seriedad y la preocupación del abogado yacían dispersas sobre la mesa como naipes repartidos. Y sí, por supuesto que culpaba a su esposa. Claro que era su culpa. La había visto ser incorrecta una y otra vez. Por eso había que aprender a sonreír y a tragarse la chispa. Para no pasar por situaciones como estas. La psicóloga no parecía sentir nada, no percibía nada. Pero el niño era como una esponja.

—¿Es necesario que él esté presente? —En un último intento, el abogado quiso poner un manto de piedad.

—Él es el que tiene la duda y a él se la responderemos —contestó la asistente. Era la primera vez que presentaba una sonrisa como aquella desde que la conocían.

—Contanos: ¿qué querías saber? —La psicóloga apuró al niño.

—Cuándo voy a venir a vivir con ellos. Eso quiero saber.

Era un piso 18, su urgencia era honesta. Le fascinaba estar a esa altura en la ciudad.

—Para eso falta. Pero era otra tu pregunta, según me contaron.

El niño se retorció, miró los cordones de sus zapatillas agujereadas, a la actriz que le sonreía y al abogado que tenía la vista en un punto fijo sobre la mesa, junto a los fosforitos y los alfajores de hojaldre.

—No importa. Prefiero que me digan cuándo voy a venir a vivir acá.

—Bueno, si no quiere preguntar no hay por qué obligarlo. —La actriz quiso terminar el asunto.

—No. Hablemos ahora y pasemos este mal trago.

Mal trago. La actriz y sus genitales eran el mal trago. Con lo bajo que era detenerse en ese pensamiento delante de un huérfano con la ropa que parecía mordida por los perros. Justo ella no podía darse el lujo de caer en el privilegio de la fragilidad. Aquí las víctimas no tenían nada que hacer.

—Bueno, como nadie habla, vas a tener que hablar vos —le ordenó a la psicóloga.

—Como pensamos que es importante que lo sepas para que tomes una decisión, aunque seas chiquito, te quiero decir que ella es una mujer con pito. —La psicóloga acortó el camino y en la ventaja señaló a la actriz con el dedo.

Una mujer con pito.

El niño se rio. No entendió lo que quiso decir la psicóloga, pero le causó mucha gracia la expresión. En todo el lenguaje del internado, no había palabras para decir una estupidez como aquella. La actriz también rio con el niño.

—¿Estás incómodo?

—Sí, ¿vos?

—Mucho. Muy incómoda.

Luego se mordió los labios y negó con la cabeza, y eso al niño le gustó. Y no le importó que tuviera un pito, él tenía uno y no estaba nada mal.

La actriz le parecía distinta a otras personas que había conocido, no sabía por qué. No quería perdérsela. No quería que lo separaran de ella. Tampoco del cuarto que le habían prometido, ni de los regalos que le hicieron y que le harían, ni del edificio y el piso tan alto donde se imaginaba dibujando. Y tampoco quería separarse del abogado, aunque fuera condescendiente y no encontrara cómo llegar a su cariño. Pero a la actriz, a lo largo de los encuentros en los que reinaba el clima de un examen, la había deseado tanto que no quería perderla por nada del mundo, ni siquiera por algo tan relevante como su pito. Tal vez era la forma en que le ponía atención y luego se la quitaba, cómo parecía estar en un continuo ir y venir, sin pausa, entre su mundo y el mundo real. Cómo parecía llegar de algún lugar muy lejano cada vez que conectaba con él. El modo en que aterrizaba en su existencia, cómo pedía permiso para llamar su atención, los dientes de su mirada. Se ponía ansioso por verla, ansioso cuando la veía, cuando leía sus manos y la forma de su boca al hablar. Las pulseras que tintineaban, la risa que hacía saltar de su silla a la asistente, los besos con ruido que le daba al esposo y las bromas que le hacía a él y entonces se reía, sonaba su risa en la desesperación y era todo hermoso, no podía ser mejor.

En medio de las repercusiones mediáticas sobre la adopción, el representante llamó muy preocupado a la actriz. Estaba por filmar una miniserie para una plataforma que había invertido mucho, muchísimo dinero en la producción. Una miniserie sobre el mundo de los narcos en la década del noventa en Argentina. Imaginen la tela por cortar.

—Me llamaron de la productora. Dicen que la publicidad de la adopción está jugando en contra. No sé cómo mierda puede jugar en contra una adopción, pero ahí están quejándose. Que no podés comenzar a filmar una miniserie donde hacés de puta y hacer una campaña mediática con la adopción. Que no es creíble.

Eran las nueve de la mañana, ni siquiera había desayunado. Su esposo estaba en la ducha todavía.

—No entiendo de qué hablás, ¿qué campaña mediática? —respondió ella.

—Las noticias sobre la adopción de tu hijo. Dicen que hace que la gente hable de vos como travesti y ellos te dieron el rol de una mujer. Que para trabajar en la miniserie no tenés que hablar más en los medios de la adopción de tu hijo.

—Pero es lo que me preguntan. No lo decido yo.

—No te hagas la víctima que vos te lo podrías haber mandado a hacer al chico. Callate un poco.

—La asistente dice que todo colabora con que salga más rápido.

—Creo que tienen razón y que deberías esperar a que la miniserie se estrene. Son escenas muy muy fuertes.

—Deciles de mi parte que se pierdan la miniserie en el culo —respondió a su representante y le colgó el teléfono. Su esposo acababa de salir desnudo y mojado de la ducha.

El día que el niño se fue del hogar, sus compañeros lo despidieron con mensajes alentadores, deseándole que fuera feliz. Desde el vano de la puerta, llorando como en un casamiento, la asistente social les decía adiós y se encomendaba por dentro a todos los santos en los que no creía, para que la adopción funcionara y no fueran esos dos egoístas a romperle el corazón a la criatura.

Su amigo, el de los besos en secreto, no acudió a la despedida. La noche anterior no apareció por su cama. Y el día anterior a ese, lo evitó en los patios. Y por la tarde, una vez terminada la merienda, se agarró a trompadas con tres niños a la vez y los doblegó casi sin esfuerzo. El futuro hijo de la actriz lo miró aterrado desde el tablón donde terminaba su mate cocido, y él fue hasta su mesa y le pegó una piña a la madera.

El niño se despidió de las maestras, de la guardia de seguridad, de la asistente social, y salió de la mano de la actriz. Se encontró con su nuevo papá y una niña, que lo esperaban apoyados en un automóvil muy nuevo, muy rojo, muy grande. La niña, al verlo, se puso a dar saltitos de alegría y aplaudir, y el que iba a ser su papá de ahora en adelante se secaba a manotazos las lágrimas que le rodaban por la cara.

El niño tiró de la mano de la actriz y la hizo detenerse.

—¿Quién es ella? —le preguntó en voz muy baja al oído.

—Es tu prima, es hija de mi hermano. Te vino a recibir.

La niña corrió a darle un abrazo. Parecía cargar con su alegría descarada, su afecto, todo lo que le provocaba la llegada de un niño más a la familia, como si llevara un instrumento musical muy grande para su edad. Lo paralizó, lo dejó sin palabras, como suele suceder, y le aflojó el recelo como por arte de magia. Cuando la actriz quiso presentarlos, la niña intervino:

—No hace falta, tía. Ya me presento yo. —Y le chantó un beso en el cachete que puso al niño colorado como un tomate—. No tengas vergüenza, ahora somos primos. No tenés que tener vergüenza de nada.

Le obsequió un dibujo donde había una niña y un niño de la mano, y el niño era enorme, al menos doblaba en tamaño a la niña, y había tres soles con caras sonrientes y montañas nevadas de las que descendía un río que les mojaba los pies.

—Somos vos y yo. Lo copié de una foto tuya que me mostró mi tía. Como en la foto yo no estaba, me inventé acá. —Le tomó la mano y la guio a la superficie del dibujo, la manito toda seca y con las uñas largas—. Y a las montañas también las inventé yo.

Al subir al auto, el niño tartamudeó al hablar:

—¿Po-podemos ir a to-tomar un helado?

—Claro que sí, todo lo que vos quieras —respondió el abogado.

Deliberaron sobre qué heladería convenía, mientras la actriz les ponía los cinturones de seguridad. Después respiraron y relajaron los nervios de todo ese tiempo de trámites y firmas y alertas, un estrés que pensaron que nunca terminaría. El auto se perdió entre el tránsito; el sol estaba ya alto, pero no quemaba. Nunca la luz había sido tan suave, era tan nítida que se podía tocar. La asistente también respiró hondo y se metió en el instituto con aprensión. Las ampollas de un herpes estaban asomando alrededor de su boca.

El niño dormía mal. El asesinato de su abuela y el suicidio de su abuelo le habían quitado el sueño. No se lo decía a nadie, pero dormía muy poco, se pasaba horas muertas echado en la cama, con los ojos cerrados pero despierto. Era muy pequeño para sufrir de aquel insomnio que lo mantenía en vela por las noches, atento a los ruidos recién estrenados de su nueva vida. El ascensor que trepaba o descendía, los coches, el grito de algún borracho. Durante el día andaba despierto y alegre, la infancia y su fuerza eterna, pero apenas el sol se escondía, el sueño entero que le faltaba de la noche anterior lo invadía por completo. Entonces se dormía donde estuviera, sin resistencia. En el instituto, no podía tener un sueño pesado. Dormir profundamente significaba estar vulnerable a la brutalidad de los más grandes. Los que abusaban de los más pequeños, que no estaban alertas para escapar.

¿Y las manos de su amigo? ¿Por qué ya no trepaban hasta los bordes de su cama con sábanas pobres y colchas con olor a perro y desde ahí a su cuerpo? Tan solo recordarlo lo ponía a vivir de repente, sentía calor en las mejillas oscuras, manchadas por la vida de orfandad. ¿Cuándo volvería su amigo a darle besos en la boca y pedirle silencio? Y ese momento en el patio, la tarde que recortó en su memoria y a la que le puso un marco y una luz particular, la tarde en que su amigo acariciador lo defendió de unos niños que querían pelearse con él, *ah, l'amore, l'amore…*

A pesar mío

Volvamos al hijo de la actriz en su habitación y a ella recostada a su lado. Sobre las paredes, una aurora boreal es proyectada por un dispositivo del tamaño de un anillo encima de la mesa de luz. Aquí siempre hace calor, siempre falta la lluvia, siempre se mueren los árboles. Aquí se asfixia la actriz. Están pudriéndose en los 44 grados promedio desde septiembre a mayo, y a veces incluso junio. Aquí están, solo con la imagen de una aurora boreal y todos los lujos de un niño que se salvó de la miseria.

Miran la televisión en silencio. La noche calurosa, las revistas de cómics y los juguetes tirados por el suelo que no recogió el abogado.

—¿Tenés ganas de ver a tu abuelo y a tu abuela?

—Le mentí a papá. No sé si quiero ver al abuelo. Se enoja por todo.

—Bueno, son momentos, no está enojado siempre.

El niño es suspicaz. La caza al vuelo. Su madre simplifica algo, sintetiza un poco la complejidad de su abuelo. Con esa simplificación lo enmienda, lo vuelve tolerable. No es que fuera la primera persona en el mundo que lo hace. Cubrir los defectos de sus padres como si tiraran tierra sobre un rastro.

—Vive de mal humor. Le molesta hasta que juegue con los perros.

—Eso no quiere decir que sea malo.

—Y escupe cuando habla... —remata el niño y vuelve a reírse con maldad de la dentadura postiza recién estrenada de su abuelo.

Hace unas semanas se peleó a trompadas en el patio de la escuela privada donde estudia, porque uno de sus compañeros mostró un video de su mamá teniendo sexo con otro señor que no era su papá. Volvió con un ojo morado, pero nunca le contó el porqué a la actriz. Nunca le pudo hablar de su enojo cuando la vio haciendo esas cosas, con alguien que no era su papá, y encima soportar las burlas de sus compañeros. Más burlas, porque no era poco ser el hijo adoptivo de la peor travesti de Argentina, ese peso tan similar al de todas las otras piedras de su historia. No le había dicho cuánto la odiaba por eso. Ahora está ahí, ovillada en su cama, con el mentón apoyado en sus brazos cruzados. Le dan ganas de contárselo, de confesarle que la vio, que se tuvo que agarrar a puñetes con dos compañeros de la escuela, pero que como son tontos le tienen miedo. Él viene de un instituto y es peligroso para ellos.

Pero elige no decirle nada.

Le acaricia el pelo, la línea masculina de la frente y el nacimiento del pelo. Es hermosa en esa dualidad. Ya se acostumbró a eso.

—¡*Meu amor*, vení a comer! —grita el abogado desde la cocina.

La actriz pregunta:

—¿Hiciste pis ya?

—No todavía.

—Andá ahora —le ordena.

El niño se levanta, va al baño mientras ella espera. El niño regresa.

—Ahora sí, apagá la televisión y dormite que mañana salimos temprano.

El niño se acuesta. No le da un beso de buenas noches, acordaron que el niño ya es grande para esos besuqueos.

—Lo hiciste por obligación.

—¿Qué?

—Darme besos y abrazarme cuando me acuesto.

—Sí, es una obligación abrazarlos cuando son chicos.

—¿Y ya no tenés ganas de darme más abrazos y besos de buenas noches?

—A veces. Cuando no me lo pedís.

El niño gira en la cama y le da la espalda. Podría ser el origen de un drama, aceptar que hay una edad en que es preferible dormir sin el beso y el abrazo de una madre. Acostumbrarse a la intemperie.

Piensa en tu muerte, dice el Hagakure.

—No apreté el botón.

La actriz se incorpora con un gemido, le duele hasta el último pelo del cuerpo, es como empujar un transatlántico a solas.

Cierra la puerta de la habitación del niño y va al baño. Se encierra y aspira hondo el olor de la orina un poco ocre. El pis de su hijo huele a antibióticos. Es un olor metálico, como a herrumbre. Al comienzo se preocupó y lo consultó con el infectólogo. Él le dijo que posiblemente eran los antirretrovirales. Desde entonces, la actriz, cada vez que su hijo no tira la cadena después de ir al baño, entra y huele. Se sienta en el bidé y deja que el perfume de la orina se propale en su memoria. Se queda largo rato respirando encerrada con la cabeza metida en el inodoro. Ese olor químico apacigua el miedo que a veces experimenta respecto a la salud del niño.

Aprieta el botón, ve irse el líquido amarillento y sale. Va por el pasillo, quitándose la ropa y dejándola regada por el camino. Llega a la cocina completamente desnuda. La piel del vientre un poco floja, como separada de sus abdominales, como si perteneciera a otro cuerpo.

Mientras cenan, la actriz mira la cicatriz de la niñez en su mano. El esposo habla, dice cosas que ella no se ocupa de entender. Lo ve mover los labios, gesticular, enfrascarse en declaraciones respecto al tejido social y el inminente apocalipsis que profetizan biólogos e intelectuales. Bla, bla, bla, bla.

¿De qué habla este tipo? No puedo creer lo que está diciendo. Pero ¿quién fue el mentor de mi marido? ¿Mussolini? A él qué le puede importar si los refugiados pueden vender chucherías o no en la calle. La cicatriz de la quemadura le produce un rechazo por su madre, como si desde el pasado llegara el eco de ese dolor. Inhala profundo y piensa cómo seguir amando a una madre como esa, a la que verá mañana, y *roguemos a todos los santos que esté vestida, que no hable mal de mi papá, que no me lleve la contra en todo lo que digo, que no le coquetee a mi esposo, que no se meta en la educación de mi hijo, que no se desborde, que no hable mal de mi hermano.*

El mal sabor del buen gusto

Cuando el niño ya llevaba casi un año viviendo con ellos —eran los ensayos finales de *La voz humana*—, la escuela preparó los campamentos de fin de curso y él se fue a un camping en Nono un fin de semana. El abogado era más reticente que la actriz a que se fuera solo en carpa, siendo tan reciente su llegada a la casa, pero ella lo convenció de que tenían un hijo mucho más avispado y fuerte que el resto.

El abogado y la actriz llevaban mucho tiempo sin estar solos. Y no precisamente desde la llegada del niño, sino desde que habían tenido la idea de adoptarlo.

En la semana previa al campamento, mientras compraban los elementos que el hijo necesitaba, tuvieron una pequeña fantasía sobre su vida de antes. Antes del niño, cuando contrataban escorts que valían su peso en oro para sesiones de BDSM donde la actriz miraba al abogado sufrir y coger con otro. Mientras firmaban los permisos para la escuela y preparaban la mochila, se nutrieron de un ideal de vida de adultos otra vez con sus licencias, sus hendijas de salida, sus sustancias y excesos. La procacidad, la suciedad de una pasión. Y no era poco para la actriz regocijarse en el reencuentro. Ejecutaba un gran trabajo para que funcionara la máquina del deseo, que estaba herrumbrada y descalibrada por la homosexualidad de su esposo. O al menos eso elegía creer. Cada mañana se lo recordaba: *Estoy casada con un puto que se calienta más con el venezolano con la mandíbula deformada por el ácido hialurónico que conmigo*. Registraba cada inflexión, cada mariposeo, y se preguntaba cómo había terminado en una escena tan extraña, con un marido así. ¿Había llegado el niño para darles la oportunidad de justificarse el uno frente al otro, por no poder decir de qué materia estaba hecho aquel amor? Frente a la oportunidad que abrió el campamento, ambos se buscaron con un deleite turbio. Esto les dio esperanza, que es justo lo que no debe tenerse en un matrimonio. Cocinarían, por la tarde invitarían a amigos a fumar marihuana y escuchar música, tal vez luego irían por unos tragos. Y cogerían una, dos, tres, cuatro veces. Todas las que el viagra permitiera.

La actriz se encerraba en el camarín a ver pornografía argentina amateur y agrandaba su apetito.

El abogado se relajó. Sabía que el sildenafil no lo abandonaría. Fue a una tienda de exquisiteces y trajo vinos y quesos y escabeches, boquerones y panes especiados. Ella lo consideró una exageración. Algo muy común en él, esa jactancia con que vivía, el tufillo que destilaba por la élite a la que pertenecía. También había comprado una botella de Glenmorangie, y al sacarlo de la bolsa tuvo sorna en la mirada, algo que ella no dejó pasar. Iba hartándose de su buen gusto respecto a las bebidas y a todo. La actriz pensaba que su marido era vulgar también, aunque él pusiera esa virtud solo en ella, porque era hija de campesinos y porque era morena.

Cuando lo vio venir tan munido de lujos, ella confirmó que no cogería el fin de semana y renunció a traccionar la sexualidad de su matrimonio. Fue una punzada. Una mordida de desilusión. Se retiró de ese paisaje donde ambos se gustaban como desconocidos y se dedicó a contemplar el esnobismo de su esposo, que también era el suyo, pero claro, ella no lo exhibía del mismo modo.

Citaron a los invitados a las 20 horas y rogaron puntualidad.

La actriz ya sentía cómo el entusiasmo del comienzo devenía en dramón.

Durante la tarde el esposo desapareció unas horas y ella, que se hundía en aciagas predicciones, se dio cuenta de que los planes sociales no eran saludables para nadie. Su mucama travesti cocinaba y la miraba de reojo cada tanto. Como si la culpara porque su malhumor influía en un soufflé de espárragos que se negaba a levantar. El vestido de la actriz comenzó a mojarse en la espalda por el sudor y los nervios que ya la estrangulaban de impaciencia. Se incorporó del sillón donde fingía leer, alterada por las suposiciones, e hizo de sus conjeturas una dolorosa certeza. El esposo estaba con el venezolano. No en el gimnasio, no trotando en el parque. En el departamento sin muebles con su venezolano destalentado. *Estás cogiendo con esa arepa cruda y enmohecida, hijo de puta.* Sacó de la cava todas las botellas que había comprado para esa noche y las estrelló una a una contra la pared de la cocina, dejando las paredes chorreadas de cabernet sauvignon. Tomó el whisky bendito de los mil millones de dólares y lo estrelló contra el suelo. Luego tomó de la mesada de la cocina la taza donde su esposo bebía café día tras día, un regalo que le hiciera un exnovio legendario cuando se recibió de abogado, y también la estrelló contra el piso.

—Acá tenés tu reunión con amigos.

La mucama travesti no levantó la vista de su tarea. La oyó gritar, llorar, lamentarse como el personaje de *La voz humana*, pero ella continuó atenta a su soufflé.

La actriz fue hasta la habitación y de una pared descolgó un portarretratos con una foto que se habían tomado en la casa de Frida Kahlo y lo estampó contra el suelo, y después arrojó su ropa por la ventana. Las camisas de Yves Saint Laurent y Key Biscayne, los trajes de Ralph Lauren, las sedas, las corbatas, la ropa interior de viejo burgués. Volaban por el aire como bolsas de nailon. No le dejó ni un calzoncillo en los cajones, ni un par de medias. La ropa deportiva, los abrigos, los pañuelos, los suspensores y los bóxers con transparencias. Y aun así no se calmó, y continuó arrojando contra el piso todo lo que fuera de vidrio o porcelana, lo que estallara en pedazos: ceniceros, vasos, tazas, platos, jarrones, *souvenirs* de viajes, lámparas, toda la casa quebrada por dentro, una y otra vez, menos el cuarto de su hijo. Sin darse cuenta, las astillas se le habían incrustado en los pies desnudos y también en las manos. Cuánto placer tuvo al saber que no habría reunión esa noche. Que estarían solos esa tarde, a pesar de los costos.

Una vez hecho, la mucama travesti maldijo porque ahora tenía que limpiar el chiquero que había dejado el caprichito de su patrona. La mucama travesti que cuidaba a su hijo mejor que ella misma. Qué vergüenza verla llorar porque el abogado se había ido un rato a que se lo cogiera un pendejo, con tal de no aguantar a semejante loca.

—No te hagas la víctima. No está haciendo nada malo.

—¿Qué dijiste?

—Que no te hagas la víctima.

—A mí no me digas víctima. A mí decime cualquier cosa, pero no me digas víctima.

—Mirá el desastre que acabás de hacer. Y la que tiene que limpiar soy yo.

—¡No lo limpies! ¡Si no querés limpiarlo, no lo limpies!

—Te gusta hacerte la víctima hasta último momento. Pero acá no estamos en el teatro.

—A vos te encanta ponerte de su lado. Te pone contenta que sufra por él.

—Y sí... no te voy a mentir. Yo te lo dije. No te cases.

Cuando él regresó, la encontró en cuatro patas recogiendo los pedazos de vidrio y colocándolos en papeles de diario junto a la mucama, que, por supuesto, le era fiel.

—No te preocupes, fue algo artístico. Un *happening*. Como un pararrayos —le dijo llorando.

El esposo llamó uno por uno a sus amigos y a los amigos de ella y se excusó diciendo que tenían ganas de estar solos, que se habían dado cuenta esa tarde. Que se cancelaban los coctelitos y las puestas en común de los argumentos. Los amigos dijeron *claro, es entendible, sí, no hay problema*, y seguramente los insultaron por cancelar tan sobre la hora. *Se pelearon. Ella debe haber tenido alguna locurita de celos y se pelearon.*

Les llevó el resto del fin de semana limpiar el departamento y revisarlo una y otra vez para comprobar que no quedaban vidrios en el suelo que pudieran clavarse en los pies del niño. Luego él escrutó hasta quedarse ciego los pies y las manos de la actriz.

Nada por romper

Mientras cenan después de los aplausos y los alaridos de su público, después de haberle roto el corazón al director de *La voz humana*, después de que un loco le escupiera la ventanilla del auto en el que regresaba, elucubra un castigo para él.

Él se felicita a sí mismo por cocinar tan bien y elogia la harina que trajo de Italia cuando fueron al Festival de Venecia por el estreno de una película donde ella interpretaba a una bailarina yonqui de una whiskería del sur.

Otra vida, otra actriz, otro abogado. Esos fueron otros años.

A ella le duele la cadera donde se dio el golpe durante la función. Como un remordimiento cuando menos se lo espera. Lo castigará de alguna manera, le dirá *sorpresa, sorpresa* y, ¡zas!, se vengará y tomará represalias por el chupón en el cuello.

El comedor es espacioso, una mesa de resina y sillas cómodas con el respaldar muy alto, tapizadas en terciopelo azul eléctrico, una lámpara que apenas ilumina los platos, la jarra con agua, la botella de vino, la mano de la actriz, su cicatriz, la escenografía del monólogo del esposo que ha sacrificado las horas después del trabajo en un agasajo para ella. Cuánta dedicación y abnegación.

—A la tarde me vi con el venezolano.

—Me di cuenta porque tenés un chupón.

El abogado se cubre avergonzado con la mano su cuello, pero del lado equivocado.

—Me hacía falta.

—¿Qué te hacía falta? ¿El venezolano?

—No, el sexo.

Ella siente una punzada de celos. Sonríe.

—El sexo no, cogimos esta mañana. Será otra cosa.

Por dentro, el sufrimiento. Necesitaría poder golpearlo para que esa escena tuviera el mismo valor para los dos. El precio dramático de esta pastosa obra de teatro que ambos protagonizan.

Continúan frente a frente en la mesa. Ella parece una travesti feliz, alguien que no puede quejarse de nada. Está satisfecha con su performance, es un personaje sólido que soporta un matrimonio en el que todo se habla y se discute. Sabe que no es singular. ¿Cuántas veces vio en el cine a amas de casa hundidas en la amargura? *Madame Bovary soy yo*, había dicho Flaubert. ¿Y la señora Dalloway? Sabemos que no es única, que mientras acontece la domesticación afuera hay miles de mujeres mirando su amancebamiento con la misma disconformidad. ¿Qué actriz se conforma? ¿Quién soporta tanto tiempo un privilegio? Por su sistema sanguíneo se revuelve un apetito criminal, su sangre irriga una materia oscura, distribuye a los órganos su aceitoso deseo. El abogado no ha descifrado aún el gollete de sus artimañas. No sabe el teatro que ocurre cada día en su familia, el drama que recorre su cama, su cocina, los vuelos a Europa y las cenas en restaurantes de moda. Es un personaje que no demuestra sus celos ni su rabia por la marca de un amante en el cuello del abogado, ni las ganas de dormir en el sillón que de repente tiene esa noche. Ella actúa como una esposa que nunca terminará de agradecer lo suficiente por esta vida doméstica. Pero, al igual que en el teatro, un monólogo paralelo sucede mientras finge ser otra. Piensa en el olor penetrante de los perfumes de hombre que siempre se adhieren a la ropa como una maldición, y hasta puede inventarse el perfume del venezolano en el cuerpo del esposo. El muy puto. El muy ardiente esposo gay.

¿Por qué este imbécil trae a la mesa esa confesión que ya tiene escrita su sentencia? No sabe callarse. Piensa que se puede hablar de todo. Cuánto detesta la incapacidad de su marido para guardar silencio.

—El estúpido piensa que la palabra ilumina algo —confesó a su analista durante una sesión que duró quince minutos. Quince minutos de quejas sobre su marido. Su analista había soltado una carcajada al escucharla.

El esposo continúa con sus anécdotas judiciales. También le cuenta de los pedidos del colegio de su hijo, de lo bien que quedó su auto luego de la visita al mecánico. Sugiere salir relativamente temprano mañana, así llegan a la casa de su suegro un poco antes de la hora del asado.

—¿Tenés ganas de ir?

—No. Pero una vez ahí se vuelve más fácil.

—¿Estás preparada para la comilona?

Ella mira por las ventanas de su departamento y deja de prestarle atención. No le responde. Solo mastica y contempla las luces de la ciudad. Un sedante en medio de su tormenta de celos.

Terminan de comer instalados en una incomodidad muy familiar. Como si hubiera migas secas de pan en las sillas forradas de terciopelo. Nunca pueden cenar tranquilos, sin temor a quemarse vivos o verse como ancianos frente al televisor. Siempre rectos, manteniendo la altivez, clavando los cubiertos en la porcelana, chocando anillos en el borde de las copas, derramando algo sobre el mantel que tirarán porque hay manchas que no salen.

Él se retira acorralado por el mal humor silencioso de su esposa. Se ve que el personaje de travesti feliz tiene su talón de Aquiles. Ella pone los platos en el lavavajillas mientras él se ducha. Está harta de él y arrepentida de haber dicho que iría a lo de sus padres y creer que eso no le costaría muy caro. No ahora, pero en una semana o dos su cuerpo lo cobrará. Un sarpullido, una fiebre corta, una diarrea, algo entregará a cambio. Odia que el tipo que duerme con ella le sea infiel con un chico bobo que no sabe quién es Marguerite Duras, que nunca vio una película de Pasolini, con tan poco para decir, salvo lo que dice con su belleza. ¿Qué hacen luego de tener sexo? ¿Adorarse frente a un espejo? ¿Tomarse *selfies* desnudos?

La actriz mira la copa donde el marido ha bebido su vino y recuerda cuando dejó el departamento sin vasos ni platos ni ceniceros. Despotrica contra él en susurros. Su falta de personalidad, esa manera de estar siempre cómodo en cualquier lugar, de hablar contentando a los demás, de decir lo que otros quieren oír, de no saber reírse con maldad.

Él tiene miedo de salir de la ducha, preferiría quedarse bajo el agua hasta que ella se duerma, salir despacio del baño y deslizarse bajo las sábanas. Dormir a su lado casi sin respirar para no despertarla. Al otro día, antes del amanecer, vestirse con sigilo, ir al estudio o a Tribunales o adonde lo lleve su trabajo, y dejar que la esposa macere esa confesión que hizo durante la cena, la de su amante por la tarde. *Por qué se lo conté, por qué se lo conté, por qué se lo conté*, se dice a sí mismo mientras se espanta por tenerle miedo a esa travesti con la que se casó. ¿Él podría vivir sin ella? ¿Sin su hijo, sin esa casa, sin las escenas de platos rotos y los celos que entran como un ventarrón por la ventana y desparraman sus sagrados papeles sobre la mesa? ¿Sería capaz de inventarse a su edad una vida mejor? ¿Viven tan mal? Tiene amigos gays que festejan el cumpleaños de sus perros y se hunden en sótanos a someterse a sádicos que los mandan a sus casas con la espalda hecha un cristo de tantos azotes. Tiene amigos heterosexuales, de su misma edad, que parecen tener el doble de años que él. Le cuesta admitir que junto a ella la vida se puso como un jardín botánico, como un laberinto de emociones que nunca soñó vivir.

Ella, desde la cocina, se siente acorralada por su memoria.

—Prefiero ver muerto a tu padre. Disculpame por ser cruel, pero es mejor que se muera —le dijo una vez su madre.

Sus tías decían lo mismo respecto a sus maridos, que ojalá murieran así ellas podrían vivir en paz. El recuerdo muta y se ve de adolescente, antes de que sus padres se divorciaran. La madre le hablaba mal de su papá, le decía que tenía un pito muy chico y que además no se le paraba. Que era humillante como mujer saber que su esposo debía tomar una pastilla para coger con ella.

—¿Sabés lo que siento como mujer? Que soy una mierda. Que no le gusto a mi marido. Eso siento.

La actriz sacude la cabeza para desembarazarse de esos recuerdos, de la indignación de su mamá por la impotencia de su padre. Se ríe de semejante desmesura. Qué vergüenza le daba esa madre por esas cosas que hacía, como poner en evidencia las disfunciones de su papá. Quién podría calentarse con una mujer así. Si él no podía, no lo culpaba. A veces, cuando sus padres peleaban, ella cuidaba a su mamá, que caía en depresiones ensayadas una y otra vez para castigar a su marido. La consolaba, le llevaba la comida a la cama, le preparaba el desayuno hasta que la madre podía andar de nuevo.

Siempre creyó que el talento como tarotista de su mamá no era más que talento para el chisme. No se explicaba cómo, en tantas tiradas de cartas que le hizo, cuando conoció al abogado, cuando se casó, cuando decidió adoptar al niño, cuando la abatió la tristeza y la mansedumbre, no fue capaz de ver esa línea fina y plana que recorría de punta a punta el mundo que era su matrimonio. Su madre, capaz de ver en las cartas lo que otros no podían, nunca le advirtió de este sentimiento. Y si lo advirtió, decidió callarse. Porque prefirió que el abogado cargara con su hija. Porque necesitaba desprenderse de ella y que otro tomara el mando, que otro la manipulara mejor.

¿En las imágenes de los naipes nunca vio este departamento que era como un quirófano? ¿El escalpelo de su marido, su finísima uña con la que abría lo único que había mantenido cerrado por décadas, que era el amor?

Mintió, calló o simplemente era ciega al porvenir. Y es que su madre, incluso más que ella, estaba enferma de protagonismo.

Los rituales antes de dormir: se quita el maquillaje, se lava el rostro, coloca el tónico, el sérum, la crema antiarrugas, cepilla sus dientes, pasa el hilo dental, hace los buches con enjuague bucal, orina, lee sentada en el inodoro, escapa del esposo en el baño. Toma una ducha de horas, podría estar días enteros bajo la lluvia, mientras el esposo está con su afecto en la cama. Cuando ella aminora los ruidos de sus rituales, él le pregunta:

—¿Cómo estuvo la función hoy?

Tira esa botella al mar, sabe que a la esposa le gusta fanfarronear sobre sus hallazgos en escena, algo que ha hecho bien de repente. Pero no responde, no dice nada. Regresa desnuda del baño a la cama y él se excita al verla. No sabe si es el miedo, o son sus celos, o las lágrimas que vio contener en sus ojos cuando le dijo lo del chupón, pero está caliente. Siente cómo se moja su entrepierna con algo untuoso y lubricante, a pesar de haber quedado agotado de la contienda con el venezolano. La actriz lo ignora y busca en HBO alguna película que mirar mientras se queda dormida, otra cosa que el esposo detesta, dormir con la televisión prendida. No se decide por nada y el esposo agradece secretamente cuando la ve renunciar a la búsqueda y apagar el televisor. Se siente exultante, tiene ganas de coger con su esposa, hacer algo bien, comportarse como un hombre, aprovechar el envión sin la ayuda de una pastillita.

Le gusta el cuerpo de su esposa. Y no es precisamente su cuerpo, sino lo que ese cuerpo le da, la inteligencia, las horas de charla, las risas durante el sexo, la manera de estar en la casa, su baile, la danza con que lo seduce cuando están en ese plan de gustarse. El cuerpo de esa travesti que trastocó para siempre su manera de desear.

Debajo de las sábanas, el abogado se endurece y crece, a pesar de lo que cuesta una erección por un cuerpo femenino (o feminizado). Se descubre frente a su esposa. Le gusta enojada, celosa, arisca y mala. Ella está cansada, es cierto, pero al verlo es más fuerte la necesidad de esa piel, de esos brazos, y se monta sobre él, así como está, con un solo movimiento, cubierta de crema, como recién barnizada. Se manosean un largo rato, él le pega chirlos secos en la nalga y la actriz se retuerce mientras le chupa los pezones y los mordisquea. Lame por encima de los labios de su esposo, todavía tiene reverberaciones de la penetración del director hace unas horas en su camarín, aún lo siente ahí debajo. El abogado saca de un pequeño cajón de la mesa de luz un lubricante con aceite de cannabis y caléndula. Mientras ella se refriega contra su pija sorprendentemente dura como una piedra, él hunde los dedos en el aceite, saca un poco y lo refriega en el culo de su esposa hasta volverlo líquido. Se escucha el murmullo de todas las guarradas que se dicen al oído.

—¿Querés la pija del puto?

—No, el puto huele a venezolano tonto.

—Dale, dejame que te coja y hagamos espumita.

—No, no te lo merecés.

Los reclamos, la letanía de reproches que ella tiene para él. Con un solo movimiento, lo hace entrar un poco más allá del glande, tan solo para que la sienta, aceitosa, mientras su pija oscila sobre el vientre de él y lo moja como un caracol que pasa.

—Qué caliente que está —dice él sintiendo alrededor de su pija el calor de la piel donde se mete.

Empuja con fuerza para penetrarla completamente y a ella le duele, mucho, como si se hubiera cerrado una puerta sobre un dedo. Cree que le bajó la presión, ve puntos brillantes. De la rabia, le pega una cachetada. También con un gesto, se lo quita de adentro y lo pone de espaldas. Se hunde entre sus nalgas con la lengua.

—Esto es lo que te gusta, ¿no?

De pronto ella lo monta como a un animal y lo penetra. Por dentro, él también está caliente.

Cuánta suavidad. Ella solo tiene un pensamiento. No terminar todavía. Permanece dentro de su esposo. Lo humedece con su saliva, una y otra vez, no deja de humedecerlo mientras lo mece, adelante y atrás, adelante y atrás, con la fuerza de sus brazos travestis.

—¿Hizo espumita ya?

—No, todavía no.

La asquea un poco el olor a mierda que sale de ahí abajo, porque el marido no ha tenido el cuidado de higienizarse bien. Ella es fuerte, lo toma desde el vientre y lo pega contra sí. Le advierte que va a terminar. *Por favor, hacelo.* El abogado comienza a masturbarse boca abajo. Ella se pega a él, a su espalda, y lo mordisquea; ahora huele por fin a él mismo y a mierda y al jabón artesanal con que se lavó. Él contra la cama abre un poco más las piernas y eleva la cadera mientras la toma de las nalgas y la obliga a ir más adentro. Se masturba hasta dejar las sábanas mojadas.

Pegada a su oído, ella va perdiendo la vida mientras embiste con fuerza y acaba dentro de él. Él entrecierra los ojos porque también hay dolor y un poco de venganza.

Duermen así. Sobre el charco de su felicidad.

Como a las dos de la mañana, en medio de la acritud que despide su cuerpo, ella se despierta con el ruido del ascensor. El marido duerme cubierto por una sábana. Mientras ella dormía, él fue al baño, se lavó y se puso ropa interior. Eso le molesta. Es algo que hace cada vez, lavarse después de coger con ella, como si no soportara lo humano del placer. Él argumenta que le gusta dormir limpio. Que no le gusta ensuciar las sábanas. A ella no le importa mancillar las sábanas. Pero el esposo es un niño bien, que aprendió en casa de su tía lesbiana y célibe a no dejar rastros de su sexualidad.

Se incorpora lentamente, sin vestirse, y sale de la habitación sin hacer ruido. Va hasta el cuarto de su hijo, que tiene la puerta cerrada, y hay un silencio infantil que la tranquiliza. A tientas avanza por el departamento apenas iluminado por la noche en la ciudad y se dirige a la puerta. La abre, camina muy despacio por el pasillo, desciende por la escalera de emergencia con el corazón delator retumbando en las paredes del edificio, completamente desnuda y pegajosa por las escaleras de madera oscura y pasamanos de acero, atenta al ruido de los otros departamentos. Baja un piso y llega adonde ha escuchado un portazo hace un momento. En ese departamento vive un abogado soltero. Su esposo lo conoce de cruzárselo en Tribunales o en las votaciones en el Colegio de Abogados. Es un treintañero bien nutrido que en los últimos meses ha comenzado a echar canas y eso le sienta de maravilla.

Ella pega el oído a la puerta. Dentro se escucha gemir a una mujer y también al vecino. Ella se agacha y por el agujero de la cerradura lo ve desnudo en una silla, con las piernas abiertas, y delante una rubiecita muy delgada, aún vestida, arrodillada practicándole sexo oral.

La actriz se pone en cuclillas justo delante de la cerradura y ve cómo vive el sexo un heterosexual raso. No es ninguna novedad para ella. Lo sabe desde siempre, el trámite sin sentido que es la sexualidad para ellos. Y para la amante también. El teatro con que ella intenta consolarlo de algo, toda esa gestualidad aprendida del porno y de las demandas masculinas, los gemidos de gatita loca con que ella parece decirle lo buen amante que es, lo bien que la coge, lo mucho que lo siente y lo grande que la tiene. La actriz está excitada con ese bocado para su voyerismo, le gusta estar ahí, pero no puede dejar de divertirse al ver lo aburridos que son en la cama los hombres transfóbicos que tanto le gustan.

Mientras regresa desnuda a su departamento por las escaleras de emergencia, una vez que los jadeos en lo de su vecino terminaron, ella recuerda que hay un hombre en la ciudad que está pensando en su cuerpo, en su olor. Hay un hombre con el que puede hablar de cosas que en su pareja no germinan. Que de solo verla se calienta y quiere comerla cruda. Hay un tipo, en un departamento muy lejos de donde está ella ahora desenredando los cables de su matrimonio, que la recuerda no solo por la ferocidad en *La voz humana*, sino también por esos momentos donde ambos se revuelcan en el mat de yoga donde ella elonga después de la función, o en el sillón, o en hoteles a los que van con lentes oscuros, a destiempo para que nadie sospeche. Ignora que el combustible para el ego del director sale de ella misma, de tener entre sus manos su cuerpo desnudo, con sus pliegues, sus blanduras, todo lo que la avergüenza de sí misma y que oculta hábilmente a los demás. Ella no tiene idea, no sabe nada sobre lo que legitima o no en sus amantes. Pero sí sabe que, mientras camina desnuda en puntas de pie por los pasillos de su edificio, el director está bebiendo una copa de vino, escuchando un vinilo de Miles Davis que se parece mucho a su deseo, lamentándose por ella.

Estrógeno, mon amour

Le tocó forjarse en una época en que la reflexión en torno al cuerpo de las travestis admitía discrepancias, formas distintas de habitarlo. No fue igual para las que la precedieron. Pero, ahora, a una chica con su dinero no le costaba absolutamente nada ser como quería ser. Las cirugías, los tratamientos, las hormonas, la atención obsesiva a los detalles de su masculinidad no significaban nada. Eran gestos ciegos.

Cuando comenzó a hormonarse (algo que sus mentoras travestis no aceptaban por ser un proceso largo e ineficiente), ella sintió como una fractura entre su deseo y el mundo. Dejó de pensar en el cuerpo de los hombres. Ya no se acercaba a ellos ciega de pasión. Este fue el regalo que el estradiol y el acetato de ciproterona le dieron.

El estrógeno, más allá de sus femeninas revelaciones, también significó una gran tristeza para sus amantes. Era una verdadera tragedia el hecho de que no tuviera más erecciones. O que estas fueran cada vez menos previsibles, sin fórmula. No querían renunciar a ser penetrados por ella o a practicarle sexo oral. Era parte del atractivo de revolcarse con una travesti. No buscaban ese cuerpo pasivo. Debía ser activa. Para lo demás, para ser penetradas, estaban las mujeres, las vaginas de las mujeres. Pero no decidía sobre sus erecciones, eran diferentes con cada cual, dependían del ciclo de hormonación. A veces tenía que disculparse por no tenerla dura.

No era que su libido disminuyera, sino que se recluía. Había que ser muy inteligente, muy hábil con las manos y las palabras para encontrar ese carbón encendido alojado en alguna parte de su cuerpo, protegiéndose de lo que un tipo podía hacerle a una travesti como ella.

El único que la deseaba así, el único que alcanzaba a tocar lo que refulgía de su deseo, era el director de *La voz humana*. A él no le importaba si ella tenía erecciones o no. A él eso lo tenía sin cuidado. No es que no la tocara, que no la masturbara mientras la penetraba, no es que sintiera rechazo por el pito de la actriz. No. Pero era lo de menos.

—¿Te puedo preguntar algo? —Después de revolcarse en el camarín, el director quiso saber.

—¿Con qué pregunta hiriente me vas a enfriar ahora?

—¿Por qué no se te para cuando te cojo?

—No te guíes por eso. Es el estrógeno…

Fue una cuestión de confianza. El director imaginaba que la actriz no era de esas chicas que dicen pasarla bien cuando la están pasando mal. Era la primera travesti con la que cogía y, desde esa vez en el baño de un avión de Panamá a Guadalajara hasta hoy, ninguna otra, con vagina o no, le había dado tanto placer y lo había calentado tanto. El director soñaba con ese culito suave y oscuro, con su manera de decir textos imposibles en el escenario, como si estuviera hablando con sus amigas, anhelaba tenerla arropada en sus batas de seda, sus kimonos, con las tetas siempre a punto de insultar a algún timorato. La quería para él. Y ella encontraba en esa virilidad un refugio del refugio que había construido para su vida.

No te voy a poder coger, le había dicho al abogado esa noche en el bar de jazz. A veces también tomaba viagra *para dejarlo tranquilo*.

Pronto descubrió que podía distanciarse del estrógeno. Aunque su endocrinólogo le había dicho que no lo hiciera. Que su cuerpo se lo iba a cobrar. Al principio, estos descansos eran más prolongados, dos o tres meses sin colocarse el parche o el gel ni consumir ciproterona. El deseo volvía, se despertaba con erecciones. Y llamaba a su esposo y hacía todo eso que él le exigía al venezolano, pero mejor todavía.

Oh, la peor travesti de Argentina, cómo sufría al organizar así su vida. Un trabajo de pastora sobre sus hormonas para que su marido estuviera satisfecho en la cama. Y él continuaba deseando a efebos hechos de músculos alimentados por estanol. Contra eso ya nada podía hacer.

Una vez montado el cuarto inmundo donde interpretaría *La voz humana*, el director la llamó por teléfono.

—Tengo una sorpresa para vos. Venite al teatro cuando puedas.

—¿Ahora?

—Sí, tiene que ser ahora.

—Estoy yendo al pediatra con mi hijo, después lo llevo a kung-fu y voy.

—Te espero acá.

A la hora y media (el director ya se había bajado una petaca entera de whisky), la actriz entró a la sala donde estrenarían. Mientras avanzaba y miraba la puesta, toda su sangre se puso a correr de golpe. Así sentía la alegría, como una oleada de calor. La escenografía era tal y como la había imaginado desde que era una actriz joven que soñaba con hacer de su prestigio una obra de arte. El director había cumplido con cada una de sus promesas. No mintió cuando le dijo:

—Va a ser muy parecido al set donde actúa Anna Magnani.

Un anhelo que se cumple puede hacernos tan ingenuamente felices como el amor.

Se imaginó: *Acá es tal texto, acá es donde me revuelco, acá donde mancho el camisón.* Pudo verse dando tumbos en ese pequeño mundo que el director había hecho para ella.

Subió hasta el escenario y él se le acercó con la sed de siempre, la cara esperanzada por haber hecho algo bien para ella. No podía hacerle una declaración más grande de amor. La actriz paseó por la auténtica alfombra persa, entró al cuarto de baño sonriendo satisfecha, sin hablarle, pero con una felicidad tan grande que tocaba todas las cosas de la sala. Cruzó delante de él y, a punto de bajar las escaleras para volver a su casa, el director le cerró el paso tan solo con un juego. La llamó.

—No bajes las escaleras.

La actriz descendió el primer escalón y lo miró desafiante.

—Quedate ahí.

La actriz bajó otro escalón y le sonrió. De un salto, el director se le fue encima y la obligó a subir.

—Te dije que no te movieras.

—Tengo que volver a casa.

—Primero decime si te gusta la escenografía.

Comenzó a besarla en el escote.

—No.

—Mentís.

Le pegó un chirlo en la cola, le subió el vestido a manotazos, la giró y la obligó a apoyarse en la cama deshecha. La derribó para olfatearla entera. Olía a otra especie. Desde que era madre tenía otro olor, que no le repelía, pero le recordaba la vida a la que no le permitía entrar. Su perfume ya no era poderoso, no lo sorprendía rezumando mientras manejaba o se reunía con tal o cual traductor. Su perfume no sugería matanzas como antes, pero le gustaba igual. Él quería pertenecerle. Quería ser alguien para ella. Desde que la había conocido hasta ese día en que le presentó la escenografía en la que se había involucrado incluso más que en su actuación (la amaba lo suficiente para saber que había que dejarla actuar y nada más), deseaba ser parte de su vida. También ella alguna vez esperó un paso que él no dio, un gesto que no hizo, algo que la obligara a apartarse de su cárcel. Saltar a sus brazos. Y no sucedió. Parecía una pasión liberadora, incluso para el matrimonio de la actriz. Pero detrás del ardor solo había dos corazones cobardes y domesticados.

El director lloró cuando se publicó una fotografía de los dos besándose en el rincón más oscuro de un bar. Imaginó cómo lo juzgaban por acostarse con una travesti, los dimes y diretes entre actores y colegas con los que había trabajado, toda su masculinidad pagando el precio de ser su amante. La actriz, en cambio, se recluyó en el abogado manso que la recibió sin reproches, en su hijo adoptivo que cada día la quería más, y comprendió que era como era. Que su vida era esa.

Sin embargo, el día en que cogieron en la cama revuelta de *La voz humana*, algo en los dos supuso una inflexión. Dejó de ser una pasión regulada a partir de entonces.

El director estaba cogiéndola con toda su sangre, poniendo mucho empeño en darle placer, en volverla loca en el bautizo de la escenografía, cuando un ánimo imprevisto le heló el ritmo. Salió de ella de golpe y se paró con los pantalones en los tobillos y la camisa abierta, la pija apuntando a su mentón con esos relieves violetas, y se detuvo a mirar los detalles del lugar. Los telones habían costado muchísimo dinero y eran muy antiguos, estaban amarillentos en algunos sitios, comidos por las polillas. Parecía la telonería de un teatro abandonado en Chernóbil. El cubrecama era blanco y negro, bordado a mano. La actriz permanecía recostada con el vestido en la cintura, las piernas abiertas, los zapatos todavía puestos, recobrando el aliento después de la primera ronda. Lo vio con los brazos en jarra, los ojos brillosos.

—Me está jodiendo la vida todo esto.

—No hagas una escena ahora. Tengo que volver a casa rápido.

Ella hizo un mohín, con la punta de los dedos del pie lo llamó.

—No quiero que vayas a tu casa ahora.

—¿A dónde querés que vaya?

—No vuelvas a tu casa a fingir que no está pasando.

Otra vez la escenita de por qué no me miraste hoy. Otra vez el lamento por la mirada perdida. Es tan impotente que la estaba pasando bien y tuvo que arruinarlo todo.

—Yo no finjo. No está pasando nada más que esto.

Él saltó a la cama y la penetró nuevamente después de quitarse el preservativo, y sin darle tiempo a recuperarse de la brutalidad con que la embistió, le pegó una cachetada que no fue parte del juego. Ella se asustó e intentó zafar de su cuerpo, pero él la retuvo y acabó dentro de ella. Luego se sentó en una silla de la que chorreaban unos vestidos vintage y lloró. La boca le temblaba. Nunca había sentido tanto miedo en su vida como ahora que le había pegado.

Ella se limpió con el cubrecama, se trucó nuevamente con la tanga que encontró perdida bajo una almohada y se fue sin decir una palabra. La mejilla izquierda, parte de la quijada, le ardían con una vergüenza nueva. Se fue sin defenderse, sin llamar a la policía, sin hacer un escándalo. No estaba dispuesta a soportar los celos de su marido ni los llamados de su asistente contándole sobre la lista de periodistas que querían entrevistarla para hablar sobre la violencia en el arte.

¿Qué arte además? ¿Qué clase de arte era el que ella hacía? El arte de la paciencia, el arte de no matar a nadie estando subordinada a las órdenes de un hombre.

Hasta el día del estreno, en el que, por supuesto, ella se pasó con la dosis de mezcal, no se hablaron. Tuvo que dirigirla a través de su asistente. Todos los ensayos fueron así, con un interventor. Si por alguna razón se olvidaba de su castigo y le pedía que subiera el volumen o le hacía alguna marcación de luz, ella simplemente lo ignoraba. Repetía el error hasta que el asistente hablaba por él.

Parirás con dolor y lo pagará tu esposo

Con la llegada del niño, ella abandonó sus artimañas de manipuladora, pero también dejó de desear a su esposo.

Al comienzo la distancia fue comprensible. Era normal que la actriz no lo buscara como antes bajo las sábanas o fuera de ellas. Incluso él sintió menguar su deseo. Había que ocuparse de la medicación del niño, la burocracia que nunca terminaba, la vigilancia del Estado. Pero la abulia se prolongó y en él creció la impaciencia. Parecía tan clara esa baratija psicoanalítica: *uno desea donde no hay*. El esposo extrañaba el calor de esa travesti esposa suya, su *marida*, como le gustaba llamarla. Echaba de menos la entrepierna de india caliente que lo humedecía por las noches.

Para aprovechar el desinterés de su esposa, el abogado fluyó mejor con su amante venezolano. Y el venezolano, durante un tiempo, creyó que había triunfado sobre el matrimonio de su amante. El esposo a veces se quedaba a dormir en su departamento y era afectuoso y atento con él.

El venezolano, envalentonado por esas mieles con que el abogado lo trataba, comenzó a alardear de su victoria. Acarició planes para cuando su amante se divorciara, les decía a sus amigos que pronto tendría un hijastro, hasta se atrevió a decirle *te amo* en alguna ocasión, por más que del otro lado no recibió respuesta. Era un lindo moreno, el amante del marido de la actriz. A cualquier domesticado le daría miedo si un tipo así apareciera como tercero en su pareja.

A veces la actriz era capaz de tomárselo con humor y bromeaba con sus amigas.

—El hijo de puta se come ese corderito, ¿pueden creer?

El venezolano, por su parte, creyó que podría con ese infiel, que lo amansaría a fuerza de arañazos y chupones. Pero la confianza en sí mismo no fue suficiente, porque el abogado nunca dio muestras de querer dejar a su travesti.

—Pero sos muy puto, no entiendo cómo le podés gustar a ella.

—Justamente, por eso que no entendés.

¡Ay! Cómo sufría el venezolano con los desplantes, con las cancelaciones, con las citas a escondidas, con las confesiones matrimoniales, con las huidas inmediatas después del sexo. Y resistía, porque en algo de lo que el abogado le daba había una promesa de final feliz.

—Hace meses que no me deja tocarla —le dijo el abogado un día y él vio cómo se le llenaban los ojos de lágrimas.

Cuando se fueron a Salvador de Bahía juntos, sus amigos hicieron una cadena de oración, se arrodillaron frente a velas de amarre y le ofrecieron minúsculos sacrificios a un retrato de Lady Gaga. Para que a su amigo venezolano le sucediera algo mejor en el exilio, para que el abogado se divorciara y formalizara con él.

La actriz, como una abeja reina, engordaba el culo y se limaba las uñas, muy segura de quién dominaba en ese matrimonio. Si el que quiere más es el que más sufre, entonces ella estaba tranquila, conocía la medida de su amor. Se dedicó a conocer a su hijo recién llegado, a contarle historias hasta que les bajara el sueño, y no recordó la ausencia de su esposo. Se quedó en su casa una semana, sin trabajar, con el niño sobre el pecho, caricia tras caricia, cuento tras cuento, medicamento tras medicamento. Fueron al cine y luego a merendar a los bares de la ciudad, visitaron amigos, pasearon bajo las flores de los lapachos que caían como nieve de color sobre las veredas de su barrio y por la noche vieron películas de Miyazaki tirados en el sillón.

Los hijos también dictan la vida de sus padres.

Y como profetizó la madre de la actriz en una de las tantas tertulias donde debatieron el interés amoroso del abogado, el infiel se agotó del venezolano. El chico era joven, no tenía compromisos sentimentales con nadie. Quería mostrarse en público, presentarle a su familia y sus amigos. Quería formalizar, que se divorciara. Lo quería para él.

—Te querés hacer el macho, el padre de familia, tener una mujer en tu casa.

—Sí, eso quiero.

—Pero tenés a ese travesti que lo único que hace es tratarte mal.

Al abogado le dio miedo y se alejó sin compasión. El venezolano se ofendió, le dijo sus rencores, lo insultó y cuando se dio cuenta de que tampoco era esa la manera de preservar al abogado, simplemente se replegó, descansó y esperó a que lo buscara. Sabía que volvería.

El abogado, como un hijo pródigo, regresó a su esposa, que de lo único que hablaba era del hijo y, en raras ocasiones, de *La voz humana*. Y sufrió como cualquier hombre que se deja de atender.

Luego sucedió que ella y su esposo fueron invitados al cumpleaños de una amiga de la actriz, una pianista de jazz muy prestigiosa. El niño quedó a cargo de su abuela.

En la fiesta, la actriz coqueteó con cuanto varón heterosexual pudo, por supuesto, y también con algunas lesbianas. Repitió esa costumbre de provocarle celos, una costumbre perdida por la maternidad y que ahora intentaba dominar nuevamente. No le ahorró a su esposo ni los susurros al oído a cuanto hombre se le cruzó por delante, ni la peligrosa cercanía de su cuerpo con el de ellos, ni los bailes provocativos, ni las sonrisas pícaras.

La noche empeoró cuando ella se encontró con un músico con el que había tenido un romance. Apenas el abogado lo vio entrar, supo que la salida iba a terminar mal.

Al verse, la actriz y el músico se sonrieron y sin decirse ni hola se abrazaron pelvis contra pelvis.

Sin precisar qué, el abogado pensaba que había algo muy vulgar en su marida, tal vez por ser de las sierras, por ser una campesina. Por ser actriz. Había que hurgar mucho en el país para encontrar a una actriz refinada, casi todas eran como ella. Algo en ella le resultaba de muy mal gusto, en esos momentos su clase era más fuerte que su amor. Incluso más fuerte que la religión de su homosexualidad.

El esposo saludaba a quienes se acercaban casi sin mirarlos. Algunos pasaban de largo, dejándolo solo con su dolor. Todo se sabía en la ciudad, tan pueblo en algunas ocasiones. *Esta noche hay platos rotos.* Nada escapaba del chisme. *A ver si lo deja de una vez así lo probamos todas.* La amiga del ex, que salía con el ex de la amiga de tal que se casó con tal, que estuvo casado con aquella que al comienzo salía con esa pero le fue infiel con aquel, entonces aquel comenzó a seducir a aquella, y así. Compartían la misma cepa de HPV. *Ella no lo va a dejar, el abogado le queda mejor en la foto.*

El guitarrista le tocaba el pelo y la tomaba de la cintura para acercarse y oler su perfume. Pero a la actriz le interesaba muy poco lo que el guitarrista decía o sus movimientos, y mucho menos le interesaba lo que escondía en sus bóxers importados. Lo que importaba era el lenguaje, lo que sucedía con el lenguaje ahí mismo. Lo dicho con el cuerpo, el diálogo de los tres participando en esa estupidez. A ella le importaba darle celos a su esposo. Y este, cuando no podía sentirse ya peor, más disminuido y burlado, notó que debajo del vestido de su esposa pujaba una incipiente erección. Se paró con tal violencia para buscarla que el guitarrista sintió un escalofrío en la espalda al ver venir a ese minotauro tan decidido hacia donde ellos estaban. El abogado lo ignoró, fue directo a la actriz.

—Vamos, así dejás de hacer el ridículo.

—¿Por qué decís que hago el ridículo? —La actriz resistió. Paladeaba el inicio de una escena. El músico tiró una bomba de humo y desapareció de la fiesta.

Él le señaló la erección y ella enrojeció de rabia. Una persona podía morir en una relación como aquella. Bastaba con que él no pusiera el límite; ella no se detendría. Lo destruiría por quererla así. Quería matarlo de esa forma. Minar hasta el último rincón de su paciencia, su elegancia, quería quedarse con su mundo, con su espíritu, con todo lo que participara de su forma de amar.

—¿Por qué tengo que reclamarte amor? ¿Por qué me rechazás?

—Cómo me vas a reclamar amor. Escuchate. Yo no quiero que esta sea una historia de amor.

—Tenemos un hijo, tenemos una casa, el mundo en cualquier momento estalla, ¿por qué tenés que ser tan mala conmigo?

—¿Soy mala porque no quiero que me abraces después de volver manoseado por ese venezolano de mierda?

—Eso es injusto. Vos estuviste de acuerdo. Si me decís que no lo vea más, te juro que no lo veo más.

—No voy a pedirte eso. Hacé lo que quieras. Andá con el venezolano, hacé lo que quieras. Dejame en paz.

—Sos mi compañera, sos mi amor, no puedo dejarte en paz.

—Sí podés. Pero no querés que nos separemos por nuestro hijo.

—No es verdad… Yo quiero ser como soy con vos.

—"Yo quiero ser como soy con vos". ¿Quién te escribe los diálogos? Y encima reclamás amor…

No terminó ahí y la actriz remarcó lo sola que se sentía cada vez que él se ausentaba noches enteras. Le soltó su confusión por no saber si tenía un esposo o un amigo, y vomitó que no quería coger más con él, que estaba asqueada de toda esa vida que de repente habían construido. Harta del amor, harta de los amigos, harta del sexo, harta de los chismes, harta de la gente que la odiaba por ser reconocida, por haberse casado con él, por haber adoptado un hijo, harta del veneno que le enviaba el venezolano cada vez que podía, los mordiscos, los rasguños, los olores sobre su cuerpo. Harta de ella misma y de sus acuerdos. Y mientras lo decía, pensó que el esposo era el ser más hermoso del mundo. Que se había acostumbrado a su belleza, a su dulzura. Que era cierto que se castigaban el uno al otro por haberse deseado.

Nunca imaginaron, ni ella ni él, que el amor podía ser tan insoportable.

Ser padre hoy

El esposo quedó huérfano a los once años. Sus padres murieron en un accidente en el Camino de las Altas Cumbres, en las Sierras Grandes. Quedó a cargo de una tía, hermana de su padre. El niño fue un regalo para su vida de lesbiana solitaria que nunca había formado pareja, que nunca había querido lo suficiente a nadie.

—El yerno que toda suegra quiere tener —decía su tía muy orgullosa.

Explotaba de júbilo al ver sus notas en la escuela o al saber de su desempeño en el deporte, de su comportamiento en clase, de su compañerismo y vocación de justicia. Un virginiano de la A a la Z.

No se sorprendió cuando le contó que era gay; ella lo rumiaba hacía rato y calculaba que era cuestión de tiempo que él floreciera. Entonces aprovechó y salió del clóset por primera vez en su vida: le contó que era lesbiana, con la reserva de quien confiesa un crimen.

Solo entonces el abogado entendió la clase de historia que tenía escrita en el cuerpo.

Se graduó con las mejores notas y comenzó a trabajar en el estudio de abogados de quien había sido el mejor amigo de su padre. Pronto dio muestras de ser lo suficientemente talentoso en el oficio como para llevar adelante algunos casos y luego se independizó en honor a la memoria de su tía, que murió al poco tiempo de su graduación y que había sido como su madre y su padre también.

Pasó mucho tiempo perdido hasta que lo acogió esa otra madre que tuvo por esposa. Ella lo abrazó, preparó su desayuno, lo llevó dentro suyo cada vez que pudo. Tuvo un hijo para él. Pero también atravesó con su luz las sobrias esquinas de su clase, lo hizo reír mientras cogían, provocó su alegría. Eran muchas cosas por las que estar agradecido.

Esto es así: solo basta una travesti. Una sola travesti alcanza para torcer la vida de un hombre, de una familia, de una institución. Una sola travesti es suficiente para socavar los cimientos de una casa, deshacer los nudos de un compromiso, romper una promesa, renunciar a una vida. Una sola travesti alcanza para hacer llorar a un hombre, para hacerlo sentir una mierda o un pájaro, una sola travesti es suficiente para iluminar, engrandecer o incluso revelar lo criminal de un Estado. Tan solo con una travesti se resuelve la orfandad de un niño. Eso lo sabía el abogado.

—Mi marido, el huerfanito —decía la actriz a sus amigas para referirse a su esposo.

—Lo importante que es no tener suegra —respondía una vieja travesti muy sabia.

Una noche el esposo salió con sus amigas maricas. Fueron a bailar. Invitó a su esposa, le dijo que podían contratar a una niñera o llamar a su madre para que cuidara al niño, pero ella se excusó diciendo que estaba cansada, que al otro día tenía función y debía cuidarse la garganta, que se quedaría en casa.

—Te hace falta una buena noche marica, solo con tus amigos.

—Con vos también podría ser una buena noche.

—No. Andá a jotear tranquilo.

El marido se vistió, se perfumó, se puso su crema antiarrugas y un poco de tapa ojeras para disimular el cansancio de abogado un sábado por la noche y preguntó si estaba bien. El hijo le dijo que se había puesto mucho perfume y ella le respondió que estaba muy guapo. El esposo tomó coraje, se despidió con un beso en la frente para su hijo y un largo beso en la boca a su esposa y se fue. Ella lo vio partir y antes de que cerrara la puerta ordenó:

—No me despiertes cuando vuelvas. Nosotros vamos a dormir en nuestro cuarto.

—Entendido, mala pécora.

En la pista del boliche brillaba una muchacha muy joven, una travesti que se deslizaba sobre el piso, de unos veinticuatro años, salteña, morena, de pelo negro y lacio, los ojos pequeños y altivos, el cuerpo como un puño cerrado. Como un duende oscuro puesto a danzar entre una multitud alcoholizada. Bailaba muy bien y se sabía mirada. En ese momento, muchos ojos gustaban de ella. Tomaba cocaína con la uña del dedo meñique y lo hacía con tanta gracia que más que aspirar esos pecados parecía refrescarse la cara. Era muy pequeña.

El abogado la identificó entre la multitud fascinado por su baile. Les comentó a sus amigos lo mucho que le gustaba cómo bailaba y su look, el vestido metalizado y ceñido que llevaba.

—Es muy linda —respondieron los amigos a coro y se guardaron el resto de la oración, que era: *Mucho más linda que la bruja amarga que tenés en tu casa.*

Él tomo coraje, se acercó a la bailarina y habló a los gritos.

—¿Te puedo invitar a tomar algo y bailar un rato con vos?

—Sí, totalmente —respondió a los gritos ella también. Le gustaba ser deseada, vivía con mucha gracia el deseo que suscitaba en los hombres.

—Entonces voy por unas cervezas y bailamos. —Al irse, ella le acarició el pecho.

Lo esperó rodeada de sus amigos, que se llenaron de opiniones sobre él. Algunos dijeron que era el hombre más maricón del lugar. Otras afirmaron que era paki. No faltó la travesti que dijera que ya había cogido con él y que no era gran cosa. Pero la ninfa norteña sabía que ojo de loca no se equivoca y que el gigante que la había abordado esa noche estaba buscando un tipo de amor muy claro. Él regresó con dos vasos de cerveza en las manos, esquivando codazos y pisotones en la pista de baile, escapando de los mordiscos que las hienas maricas le tiraban al pasar, y se plantó muy viril frente a ella. Como si no se supiera de memoria las coreografías de Beyoncé.

Sus amigos estaban desconcertados, lo miraban sin entender la escena. Si la travesti le creía, entonces era tan ingenua como hermosa. Pero lejos de analizar si era cierto o no lo era, si era paki o no, si esto o aquello o si blanco o si negro, la morena de Salta, sin avisarle, se le fue a la boca y lo desvinculó no solo del murmullo de alrededor, sino también de sí mismo. En puntas de pie para alcanzar su lengua. Él recibió el gusto amargo de su vicio a través de la saliva.

Dejaron el lugar sin dar aviso a nadie. Fueron al departamento de ella. Los amigos se quedaron atónitos al ver que la saltarina se llevaba al esposo de la mano, como una flautista de Hamelín por los bosques del boliche.

Una vez en su casa, una vez en su cuarto, en su cama, el marido le fue infiel a la actriz por primera vez con otra travesti. Eso era la infidelidad, engañarla con un cuerpo como el de ella, sin ventajas o desventajas. Engañarla con otra travesti y, de paso, odiarla. Compararla y odiarla. Qué alivio experimentó el esposo al saber que iba a cometer una traición.

La prefirió sumisa, en cuatro patas, arqueando la cintura como en la peor película porno del mundo, tan dispuesta y entera para él. Toda la noche cogió con esa amante eventual, la joven travesti de piel oscura, una y otra vez, por detrás, a veces lo cogió ella, a veces la cogió él, su largo pelo derramado como un mal augurio sobre las sábanas rosas, toda la noche dentro de ella y al revés. En ningún momento la sombra del otro deseo cruzó por su imaginario, no tuvo que pensar en el cuerpo del venezolano para mantener la erección, no fue necesario inventarse películas pornográficas ni socavar en la memoria la crudeza del cuerpo de los machos que lo calentaban.

Qué sorpresiva sensación y qué perturbadora.

Él la penetraba apoyado en sus manos y sus pies, haciendo mucha fuerza para sostenerse a ese ritmo y con ese nivel de descarga. Debajo, ella también debía hacer mucha fuerza para resistir la embestida de un cuerpo que pesaba el doble que el suyo. Los años de entrenamiento del abogado, el kung-fu, la natación, el *crossfit*, escalar cerros de piedra lo habían vuelto muy pesado. Ella aullaba de dolor y de placer y cometía todas las cursilerías que algunas cometen cuando quieren conquistar a un hombre. Daba en exceso, daba y daba de sí misma y no le interesaba el dolor, el daño dentro de su cuerpo al cogerla así, casi sin lubricarla y con tanta fuerza. En un momento, él le preguntó si podía cogerla sin preservativo y ella lo sacó de sí misma, le quitó el preservativo y se la chupó largamente mientras le metía en el culo un dedo mojado. Era desesperante sentir la suavidad de su boca, la fealdad que apareció en su rostro. Cansado de sus atenciones, la dio vuelta, le puso la mano sobre la cabeza para inmovilizarla y ella elevó sus caderas para darse aún más. Con las dos manos, la salteña se abrió las nalgas, enterró el rostro en el colchón y se dejó coger, impedida de cualquier movimiento y sin embargo gustosa.

Luego de abandonarse sobre la cama, se quedó dormida, llena de su esperma, con él adentro todavía.

Durmieron unas pocas horas y se despertaron para un polvo más, menos apasionado, mucho más torpe, pero dulce, lleno de cansancio. Para el desayuno, la amante cocinó guacamole y recalentó unos panes integrales hechos por ella. Le habló de lo mucho que le gustaba cocinar y de sus planes de poner una pequeña cantina con comida casera y vegetariana. Él se sorprendió.

—Es la primera vez que cojo con una vegetariana —le dijo.

—Quiero hacerme vegana en realidad, pero me cuesta un poco dejar los huevos y la leche.

—No sé cómo tomarme eso que decís.

—Así, literalmente.

—Menos mal. Soy abogado. Me cuesta la ironía.

—Vengo del campo. Mi papá mataba animales los fines de semana.

—Estuvo muy bien lo que hicimos anoche —respondió el abogado y la atrajo hacia él agarrándole el culo con las dos manos. Ella zafó de su abrazo y continuó exprimiendo naranjas.

—No sé muy bien qué pasó anoche. Por lo general salgo con chicas, esa es la verdad. Son pocos los varones que me atraen.

—Bueno, yo por lo general salgo con chicos. Aunque estoy casado con una travesti.

La amante se extrañó. No esperaba que fuera casado. Ningún hombre casado se quedaba a dormir en casa de nadie.

—No te creo —le dijo.

Él sacó su celular y le mostró la foto que usaba como fondo de pantalla, la actriz y él, los dos desnudos en la cama, una tarde de invierno, una foto sacada por una gran fotógrafa amiga de ella.

—La conozco. Qué incómodo este momento... Vine a estudiar teatro. La admiro mucho. Nunca me imaginé que le pondría los cuernos.

La salteña terminó de preparar el desayuno y desvió la charla a lugares más comunes. Cerca de las diez de la mañana, le dijo que tenía que ir a un ensayo y se negó a darle su teléfono cuando él se lo pidió.

El abogado quiso despedirse con un beso en la boca, pero ella, con un movimiento muy veloz, le ofreció la mejilla. Al verla parada en la puerta de su edificio, el abogado notó que su amante ocasional había envejecido rápidamente, con esa vejez prematura de ciertas travestis que había conocido por medio de su marida. Se puso los lentes de sol para enfrentar la mañana desierta, caminó hasta su auto y se fue a los gritos cantando *It's a beautiful life, oh, oh, oh* con una alegría de la carne muy parecida a la euforia.

Al regresar a su casa ya pasado el mediodía, supo que la actriz sabía lo que acababa de hacer. Se lo contaron, lo leyó en las cartas, lo siguió por la noche, no sabía cómo, pero su actitud le dijo que ya lo sabía. Siempre sabía los asuntos que concernían a su erotismo. Cómo le llegaba esa información a ella era un misterio.

—¿Dónde estuviste?

—Con los chicos, fuimos a desayunar después.

—Publicaron en Instagram una foto desayunando en un bar y vos no estabas —ironizó ella.

Silencio. Se escuchaba una película en el cuarto de su hijo. El abogado bebió de un trago una botella con agua fría que sacó de la heladera y le soltó el desafío:

—Me quedé en la casa de una chica que conocí anoche. Una pendeja con mucha onda.

—¿Una chica?

—Sí, travesti en realidad, de Salta. Muy divina.

—Mirá vos.

—La pasé muy bien. Estuvo bueno.

Ella tragó saliva, lo miró y sonrió. El esposo y los cuerpos travestis.

—Hiciste bien. Al menos fue con una travesti y no con esas maricas analfabetas con las que cogés.

Para vengarse, la actriz invitó a sus amigas travestis a tomar el té, a la hora que él llegaba habitualmente de su oficina. Su departamento se llenó de las travestis de su vida, las más ortodoxas, las de fuego, las que se forjaron en la dictadura y estaban muy viejas, las que fueron sus madres, aquellas que sobrevivieron a las matanzas y eran las únicas capaces de juzgarla, las únicas que veían dónde podía estrellarse esa criatura que querían tanto. Ella sirvió *lemon pie*, medialunas con bondiola y queso, pan casero, hizo galletitas sin gluten para las más modernas y preparó café de olla rindiéndoles honor. Cuando el esposo llegó, lo recibió un coro de risitas que temblaban en el aire como las plumas de Quetzalcóatl. Él se comportó amable y coqueto, pero comprendió al instante a cuento de qué lo recibía esa comitiva. Se quitó el traje, se puso ropa deportiva y se tiró en un sillón a oír las conversaciones de las amigas de su esposa. En menos de media hora, chocó de lleno con su venganza.

Las travestis más antiguas, algunas sin dientes, algunas todavía putas, ya viejas, las que noche a noche escuchaban insultos de los clientes, las travestis intelectuales que producían las nuevas teorías sobre el ser travesti, comenzaron a hablar de las nuevas travestis, de las jóvenes. La actriz desenroscó su lengua de víbora y la paseó por el recinto con una maldad que él reconoció al instante. Primero fingió desconcierto y se expresó confundida frente a las jóvenes travestis, frente al hecho de que anduvieran con barba, que fueran y vinieran de un género al otro, que fueran tan hippies, tan sanas, tan bisexuales, tan no binarias.

—Ojalá ustedes hubieran tenido la misma posibilidad.

Y las travestis, a coro, respondieron que claro que sí, que tenía razón. Que ellas habían sufrido mucho. Luego la actriz fingió comprenderlas y dijo que tal vez para eso habían luchado, que tal vez para eso habían sobrevivido, para que ninguna en el futuro sufriera el rigor que ellas habían sufrido. Para tener el derecho a ser igual de mediocres que el resto. E igual de hijas de puta. Y concluyó:

—Perdonenmé, pero travestis éramos las de antes.

Risas travestis se desprendieron de la mesa. La actriz continuó:

—Vino a verme a la salida del teatro una chica trans, de Salta. Muy bonita. Muy dulce. Demasiado dulce para mí. Me miraba con una cara de loca que pensé que había llegado mi propio Charles Manson. Me pidió que le firmara la entrada, me dijo que le gustaría hacerme un regalo y sacó una guitarrita muy chiquita, como un charango, y se puso a tocar una canción *abominable*. Yo acepté, la aplaudí, le firmé la entrada, le dije que podía volver cuando quisiera, que era mi invitada, y ella me tocó cuatro canciones más, todas en honor a las hermanas travestis muertas. ¡Me tomó de rehén! No sé por qué no me dio buena espina la chiquita esta. Pensé que era como Eva Harrington, que se quería quedar con mi vida. Y si no fuera por mi hijo, se la daba, para lo que vale…

Quien con sus padres se acuesta amanece loco

Por la mañana, antes de viajar al pueblo donde viven sus padres, ella baja con un cubo de agua, detergente, esponja, limpiavidrios y comienza a limpiar la mujer desnuda que su hijo pintó en el espejo del hall.

El esposo, mientras ella limpia, ultima detalles y la recuerda la noche anterior, la imagen de lo que hicieron antes de dormir le descarga felicidad en el cuerpo. Nota, además de la felicidad que le dejó el sexo con la actriz, que tiene el cuerpo tenso por lo que van a hacer. Toda una aventura volver a casa de sus suegros.

Ella intenta relajarse, finge ser positiva, se dice que será breve, que hay cosas peores en la vida, que peor la pasan los wichis. También piensa en cómo cobrarse el chupón, en lo que hará una vez que llegue al pueblo, cualquier excusa va a servir para cruzar un río y treparse sobre un cuerpo al que solo le debe gratitud.

Arriba, en el departamento, el niño desayuna en la mesada de la cocina.

—¿Tenés ganas de ver a tu prima? —pregunta el padre.

—Sí, creo que sí. ¿Le gustará el vestido que le compramos?

—Yo creo que le va a gustar, pero nunca se sabe. En todo caso lo puede cambiar.

—Pero para cambiarlo tiene que venir a casa.

—¿Querés que venga? —El padre revisa unos papeles. Como siempre, las mesas del departamento están llenas de esos papeles muy serios que no se pueden dibujar ni manchar ni arrugar, a riesgo de ser castigado en su habitación sin realidad virtual. Lo aprendió con dolor. Los papeles del padre son sagrados.

El niño abandona la cuchara sobre la compotera y, mirando hacia la ventana para huir de su vergüenza, dice:

—Sí, quiero que venga y se quede a dormir.

—Bueno, le tenemos que preguntar a tu mamá. Pero seguro no va a haber problemas.

—¿Y si el tío dice que no, como la última vez? ¿Y si la tía dice no?

—No creo que pase, pero si pasa, puede venir en otro momento.

—Pero yo quiero que venga ahora —responde el niño.

Se fastidia porque advierte la condescendencia de su padre, el modo en que siempre lo consuela de cualquier inquietud. Como si lo necesitara. Es su padre el que necesita consuelos, es su madre la que precisa de ese recurso. Él no, él vio morir acuchillada a su abuela. *Que se pierdan el consuelo en el culo*. Cuando su padre comete esa intransigencia, el niño se enoja, el estómago se le cierra de rabia. Quiere que su prima venga ahora a su casa para ir al cine juntos, para que su mamá los lleve al teatro y su papá los lleve a andar en bicicleta. No después, no la semana siguiente, no el otro mes, no otro fin de semana. No entendería jamás el padre un deseo como ese. Un padre que todo lo concilia.

Qué tonto. Él quiere darle a su prima la perspectiva de una vida junto a él. *Así es el mundo cuando estás conmigo.*

El niño le muestra al padre una acuarela que pintó para regalarle además del vestido. El padre la toma entre las manos y se conmueve. Queda perplejo por un instante. Es un retrato de la actriz. Va a regalarle a la niña un retrato de su mamá, con el pelo lleno de flores y animales que se asoman por entre las matas.

—Es muy linda tu acuarela. Muy linda.

Se divierte imaginando cómo reaccionaría su esposa al verse dibujada así, como una caricatura aplastada. Y también se angustia porque dieciocho pisos más abajo su travesti está pensando en cómo escaparse del almuerzo familiar y dejarlo solo con su cuñado y su suegro.

—Pero me parece que a tu prima no le interesa tener un retrato de su tía.

—¿Por qué no?

¡Qué decepción experimenta el niño!

—Porque es algo muy personal, no es su mamá, es *tu* mamá. ¿Por qué no le regalás la acuarela del conejo que pintaste la semana pasada?

—Porque no quiero.

El padre abandona sus santos papeles e intenta oficiar como adulto. Darle un consejo a su hijo. Explicarle el mundo de nuevo.

—Para hacer un regalo, tenés que ponerte en las manos de quien lo recibe.

El niño echa los ojos hacia atrás en señal de fastidio. Piensa en su madre, que está abajo borrando su dibujo. Quiere ir con ella, está incómodo con el padre.

—Se lo voy a regalar igual. —Y da por terminada su argumentación.

El padre guarda silencio. Luego encuentra lo que quiere decir y arremete otra vez para hacer desistir al niño. No quiere que ese retrato esté en la casa de su cuñado, tan agresivo, tan malo. No quiere que el rostro de su esposa esté disponible ante la maldad de su cuñada. Imagina las brujerías que pueden hacer sobre el dibujo, la cuñada clavando alfileres en los ojos de su esposa, quemando el retrato en el fuego. No. Pero tampoco puede decirle eso a su hijo.

—Me gusta mucho el retrato, lo quiero para mí. Te lo compro.

El niño se ríe y niega con la cabeza, bebe el vaso de jugo de naranja casi sin respirar ahogado de triunfo.

—Por favor, lo quiero conservar —ruega el padre.

Finalmente, se rinde. El niño ha dicho que no. El padre le pregunta por último si le ha mostrado a su madre el retrato y el niño niega con la cabeza.

—Cuando pinte mejor.

Termina de desayunar. El padre le pide que coloque en el lavavajillas su compotera, sus cubiertos y su vaso, y que vaya a recoger su mochila y no olvide la medicación. El niño le responde que ya la guardó.

Salen cargando bolsos, mochilas, cajas de vino, regalos y una conservadora de frío con gaseosas. El esposo activa la alarma y siente, en algún lugar del cuerpo, la mordida que lo espera al final del viaje.

Al bajar al *lobby* del edificio, esposo e hijo encuentran a la actriz frente al espejo, que está completamente limpio.

El parricidio es una tentación

Salen de la ciudad rápidamente, no hay tanto tráfico aún. Atraviesan la pampa, que cada día luce más deprimente. Entran al pueblo que supo ser pintoresco. Ahora está saturado de gente y comercios y turistas en 4×4 y neohippies con dinero que huyen de las grandes capitales del país. A la actriz, este nuevo paisaje que comunica su casa con las casas de sus padres la entristece. La ostensible deforestación la pone de mal humor. El niño va en el asiento de atrás, dormido. En el camino tuvieron que detenerse para que vomitara porque las curvas de la ruta lo habían mareado. La actriz se preocupa por si vomita los antirretrovirales, pero el esposo la calma.

Las calles de tierra hacen temblar el coche y el niño se despierta, ya sin náuseas gracias al Dramamine que su madre le ha dado. Grupos de niños en bicicleta los saludan como si los conocieran de toda la vida.

Descienden hasta el barrio donde vive su padre. Pasan frente a una capilla muy sencilla, descolorida y vacía. El abogado se persigna.

—¿Qué hacés persignándote? ¿Te volviste loco? —lo inquiere la actriz.

—Fue sin pensar —se excusa él.

Parece otro mundo. Al menos no hay basura en las calles. No es como la ciudad. Ahí se camina sobre los desechos de millones de habitantes.

La casa del padre de la actriz es el típico territorio de un hombre. Herramientas alrededor como espantapájaros para la vagancia, motores grasientos, un viejo bote para ir a pescar, una heladera rota donde duermen los gatos. Las plantas que crecen con absoluta libertad en cualquier dirección, cubriéndolo todo. Tiene un departamento al fondo que alquila por temporada. Eso por fuera. Por dentro es un hotel impersonal. Sin olores más que en el cuarto donde el padre echa a dormir su cuerpo sin bañar, sin preocuparse ya por estar limpio para nadie, ni siquiera para él mismo. Los detalles, los adornos, algunos avances en la belleza de la casa son ahora como recuerdos del paso de las mujeres con que su padre se entretiene, noviazgos muy breves, romances de a quincenas, nunca más de un año. Ninguna llega al año. Es la regla del padre. No está con ninguna mujer el tiempo suficiente para amarla. La hija presiente que las mujeres tampoco soportan a su padre. No aguantan su existencia grisácea, como ausente de vida. Los gestos desganados para acariciar, para hacer el amor, para querer. Lo poco que da y lo mucho que cree merecer.

Estacionan. Bajan del auto y van a buscarlo.

Lo encuentran en la huerta, al fondo de la casa, entre los maíces que tienen su altura. El niño corre a abrazar a su abuelo con muchísima alegría, pero el abuelo es frío. El niño presiente ese muro contra el que estrella su abrazo. Ese hombre está más interesado en presumir de su cosecha que en recibir a su nieto. Saluda al abogado con la mano y es algo muy sutil, casi imperceptible, pero el padre mide su fuerza con la de su yerno en el apretón, y luego abraza a su hija, casi sin ganas. El abrazo distante de su padre le recuerda que está sola en el mundo.

—Si han visto una mazorca más bonita que esta, dejo de llamarme como me llamo —dice el padre y pone frente a sus ojos el fruto de tanto trabajo. Una mazorca joven, brillante, sin agrotóxicos, semillas que otros productores le han intercambiado. Semillas que sobreviven al calentamiento global, que se adaptaron por sí mismas a este calor ecuatorial.

—Acá empieza la revolución, en comer lo que uno siembra.

Ella conserva esas declaraciones en su memoria para tener un motivo para quererlo. Ese anarquismo en el que siempre vivió su padre. Y su nihilismo también. Ese no ceder a ninguna convención social. Un hombre que apenas se saludaba con sus vecinos, que tenía pocos, poquísimos amigos, por lo general hombres a los que había dado trabajo. Un hombre que en épocas de elecciones colgaba un cartel en la puerta de su casa:

EN ESTA CASA NO ES BIENVENIDO
NINGÚN PARTIDO POLÍTICO.

Una vez le hicieron una nota en el diario del pueblo por ese cartel. A veces la gente tomaba fotos y las subía a Twitter y el cartel se viralizaba.

El niño pregunta si se puede comer la mazorca, pero el abuelo le responde que no, que cómo va a comer el choclo crudo.

—Estos niños de ciudad… pa qué mierda.

—Si se comen los granos del choclo crudos, no le hagas caso al abuelo —interviene el abogado.

Para remediarlo, el padre de la actriz le ofrece damascos a su nieto.

—Se deshacen en el paladar —le dice.

La actriz ya está mal dispuesta a la reunión familiar por el comportamiento de su padre. Para evitar que él advierta sus cavilaciones, puesto que no hay un solo pensamiento en su mente que él no intuya, lleva al niño a cortar esos benditos damascos.

—Que los lave antes —ordena el abuelo—. Si no le va a dar cagadera.

La hija sonríe y, después de la breve cosecha de damascos, lleva a su hijo al cuarto que fue suyo cuando vivía allí y aprovecha para bajar del coche lo que han traído. El padre le grita desde la huerta que le ha separado bolsas con frutas y verduras, pero ella no lo escucha. La nieve del afecto del padre se adhiere a la visita después de haber caído larga, continua y silenciosamente, toda la vida.

El padre y su esposo quedan en la huerta.

—Nunca va a comer choclos más sabrosos que estos, se lo apuesto. Los choclos que venden en las verdulerías no tienen gusto a nada. Esto es choclo orgánico —le dice.

—Sí, son riquísimos. Doy fe.

—¿Sabe cómo distinguir un choclo bueno de uno malo?

—Por el sabor.

—No tanto. Más que nada por cómo lo caga. Si caga el grano de choclo entero, entonces tenga por seguro que ese choclo es transgénico.

—Tuteame, por favor, me hacés sentir de ochenta años si me tratás de usted —responde su yerno.

—Es que me cuesta, es por respeto.

—¡Pero cómo me vas a faltar el respeto por tratarme de vos! Intentalo por lo menos.

—Igual si no me sale, no se enoje. No te enojes, quiero decir.

Le hace conocer lo que crece en su huerta. Con la punta de los dedos rompe la hoja del cilantro y acerca la mano a la nariz de su yerno.

—Huela qué rico —le ordena. El esposo respira hondo.

Regresan al coche porque al padre le gusta mucho el auto de su yerno y va a admirarlo y hacerle las mismas preguntas de siempre. Que el modelo, que el precio, que si anda bien.

—Yo tengo mi Ford F100 que no me deja a pata nunca. Una reliquia, un auto de colección a esta altura. Hace un poco de ruido, pero es una máquina.

—Es una linda camioneta —responde su yerno.

—¡Mejor que cualquier camioneta nueva! Mi exmujer no se quería subir porque le daba vergüenza que siempre estuviera llena de tierra, pero le apuesto, perdón, te apuesto lo que quieras que nunca se subió a una máquina mejor después de que nos separamos.

Y de repente, sin esperarlo, una visión los embruja.

Por la calle de tierra avanza un caballo blanco, un caballo criollo, ancho y petisón, con las ancas salpicadas de unas manchas grises, que zigzaguea lento por la orilla. Sobre el lomo carga a un hombre dormido. Al jinete la cabeza le cuelga sobre el pecho y se mueve de un lado a otro conforme el vaivén del caballo, como un péndulo. Viene y va, pero el movimiento del caballo actúa también como valla de contención.

—Ahí va el mocito, muy bonito —dice el padre—. ¡Está completamente en pedo y la hora que es!

El abogado se fastidia por la posibilidad de que su suegro sea tomado por el espíritu narrador y le cuente la historia que ha contado mil veces antes, a toda persona que le permita desarrollar sus dones de embustero de anécdotas, de mitómano de leyendas serranas. Que el hombre a lomo del caballo es un alcohólico perdido. Que ahora está un poco más tranquilo, bebe los fines de semana pero los días hábiles trabaja sin probar una gota, eso hay que decirlo, como jardinero, como albañil. Antes se podía pasar desde la mañana a la noche, de lunes a viernes, bebiendo vino, cagado, meado, vomitado, tirado en cualquier sitio. Siempre con su caballo cerca.

Eso sí. Al llegar el mediodía del sábado, comienza a beber. Va a los bares que encuentra abiertos, es muy común en el pueblo, bodegones donde los compadres beben de pie, acodados en el mostrador como en el siglo XX. Va de bar en bar sin hablar con nadie. Su caballo lo espera en una de las calles que desembocan en la avenida principal. Lo deja atado. Al volver a él, apenas si puede trepar al animal con sus últimas fuerzas. El caballo desciende por las calles de tierra hasta la costanera, cruza el río con el borracho a cuestas, llega hasta la casita del hombre y espera a que se despierte, no importa el tiempo que pase.

—Nunca vi algo igual —el padre extrae al abogado de su meditación paranoica—, semejante cariño por un hombre. No se puede querer así a un hombre.

—Son muy inteligentes los caballos —responde su yerno, que apenas puede seguir la conversación.

—Y el hombre es un animal muy ladino.

—Ya lo creo.

—Yo lo aprecio mucho al mocito este. —Y señala con el mentón en dirección al borracho—. Si no fuera por él, vos no estarías con mi hija ahora.

Al decirlo baja la voz, para que ni las plantaciones de maíz se enteren de sus secretos.

—Esa vez, me cago en la mierda...

El esposo conoce la historia de memoria. La ha escuchado mil veces de su boca olorosa a vino blanco. Sabe cómo dañaron a su esposa. Sabe de despertarse por la noche porque ella, mientras duerme, tiembla y se agita. Sabe por qué a veces su esposa calla y mira las paredes del lujoso departamento que compró tan solo con su talento, como si no mirara nada, los ojos vacíos, y cuando él le pregunta si le pasa algo, ella dice que no quiere olvidar los rostros, que está pensando en ellos. Sabe que el borracho del pueblo la rescató de las fauces de cuatro borrachos y una pendeja que estaban a punto de matarla. Que pasó muchos días internada por los golpes con que le destrozaron el rostro.

Y sabe algo más, algo que el padre ignora (¿o no?): esta tarde, si puede hacerlo, si tiene la oportunidad, mientras ellos hablan sobre nada, mientras el niño duerme la siesta o se baña en la pileta con su prima, mientras cometen los delitos retóricos en la sobremesa familiar, la actriz dirá que va a visitar a una amiga del pueblo. En cambio, bajará a la casa del borracho que ha cruzado la calle hace un momento. Al llegar a la orilla del río, se quitará los zapatos, se subirá el vestido y cruzará el agua, que le dará como mucho hasta las rodillas. Abrirá la puerta, se desnudará y se meterá en la cama con él. No importa en qué situación se encuentre el salvador, qué más da si duerme, si está sucio, si va borracho como el último alcohólico sobre la tierra. No importa si se ha orinado, si la cama es como un corral de chanchos, no importa nada. Ella buscará el cuero seco y curtido, cubierto de una pelambre canosa y encrespada, el pito muerto, el olor agrio que sale de su boca. Por encima de los diques anímicos, ella irá a buscarlo para acostarse con él como desde hace años, a veces sin decirse ni una sola palabra. Él le hará el amor, en cuatro patas como los perros, con todas las dificultades de su edad y su alcoholismo. Ella le dará su cuerpo sin importar lo que pueda o no hacer con él. Al finalizar, la actriz posiblemente escuche las súplicas del borracho:

—No quiero que vengas más. Sos mala. Me estás comiendo por dentro. Si me tenés algo de cariño por lo que hice por vos, no vuelvas más. Me vas a terminar pudriendo en vida.

—No. Voy a seguir viniendo.

—Por favor, te lo pido por lo más sagrado.

—No existe lo más sagrado. Así que voy a volver cada vez que quiera.

Ella volverá a la casa de su padre como si no lo hubiera oído y dirá que no encontró a su amiga, que la esperó largo rato y al final decidió caminar. Pasará al baño sin dejarse tocar por nadie, se lavará, se duchará si es posible, y recién entonces volverá a la vida en familia.

Ahora esperan al hermano de la actriz. El padre retrasa el fuego para el asado, llama a su hijo por teléfono una y otra vez, pero el muchachote no responde. Se pone nervioso, lo atormentan la impuntualidad y la irresponsabilidad de ese hijo.

—Pobrecito m'hijo. Es huérfano de madre —decía el padre para justificar cada una de las maldades de su hijo. Si en una pelea terminaba mandando al hospital a uno del pueblo, porque su hijo era fuerte y torpe como un orangután, el padre decía: *Pobrecito m'hijo*. Si alguna noviecita acababa con un ojo morado porque su hijo le había pegado, el padre no atinaba a decir más que *pobrecito m'hijo, es huérfano de madre*. Y con eso resolvía la incapacidad para vivir en comunidad que demostraba su hijo. Pero era trabajador y fuerte, alzaba carretillas cargadas de piedras, ladrillos, leña. Podía cavar un pozo ciego en dos días, como mucho. Y en esas ocasiones en que el padre veía la obra de su educación, cómo se deslomaba la carne de su carne, volvía a repetirse que pobrecito su hijo.

Lo espera ansioso, porque sabe que su hijo no se lleva bien con la hermana. No parecen frutos del mismo árbol. Y si alguna vez se sintió incómodo con el modo en que su hijo miraba a su hija, también supo negarse a la evidencia perfectamente clara de lo que pasaba entre ellos. Tenía un poder inmenso de negación. Tal vez toda su potencia estaba reservada a la negación: la vida le había atravesado a una hija travesti en el camino. Lo había dejado la mujer que más amó. Su hijo, que era de otra madre, espiaba a su hija escondido entre las plantas, la miraba abarrotado de su deseo agrio, terrible, en su indefensión por eso que él mismo fabricaba para sí: el deseo por su hermana.

Son muy distintos y ella es orgullosa, no pierde nunca; en cambio m'hijo, pobrecito.

¿Por qué las familias que ya están rotas intentan suturarse con asados los fines de semana?

El hermano es mucho menor que la actriz. Hijo del segundo matrimonio del padre con una cocinera de escuela que ahora estaba muerta. El padre, al divorciarse de la madre de la actriz, había ido detrás de la primera mujer capaz de quererlo un poco en las frías noches de invierno. Y no solo una mujer que lo quiso, sino una mujer que trabajó tanto y tan duro como él. Que no tuvo miedo de cavar la tierra, ni se le cayeron los anillos por cargar cajones con frutas y verduras, y que no se lamentó por la belleza de las manos o los dolores de cintura como otras de las que mejor no acordarse. La madre de la actriz había resultado muy quisquillosa, muy arisca para la vida que él podía ofrecer. Se engañó con un par de detalles y la pensó brava, resistente, trabajadora, pero se equivocó desde la primera ilusión hasta la última. No erró dos veces y eligió a la mujer nueva, a pesar de ser un soltero codiciado en un pueblo donde los hombres eran como una enfermedad.

El olor a champú de su pelo le impregnaba la camioneta de colección en la que a veces la acercaba al centro, porque era vecina y vivía cerca del río. Le había gustado tanto que pronto la invitó a tomar un café, del café pasaron a la cama y de la cama pasaron al noviazgo en cuestión de semanas. Sabía que la cocinera no sentía asco por la rudeza de sus modos ni la aspereza de sus manos. Al año de divorciado, ya se la había llevado a vivir con él. Se casaron discretamente en el pueblo y el tema del duelo pareció zanjado. Al poco tiempo, ella quedó embarazada y él no pudo evitar darse a conocer por entero. Despertó el animal feroz que mantenía en secreto y comenzó a perseguir a su nueva esposa al mismo ritmo que su segundo hijo se criaba en el vientre. Su hija travesti ni siquiera había cumplido los trece años.

Pronto, la cocinera, que sabía de hombres duros más de lo que hubiera querido, comenzó a cansarse del padre de la actriz. Siempre tenía una queja y un fastidio para cada momento del día. Discutían periódicamente. Él solo tenía un buen trato con ella cuando había testigos o cuando pretendía montarla de noche con su poco arte y su poco cariño. Celos, reclamos, indirectas, imposiciones y prohibiciones. Que trabajaba mucho, que ya no necesitaba trabajar, que se quedara de una vez en la casa, que no le faltaba nada, que la necesitaba a la par.

Una vez nacido el niño, el hombre descansó de su afán destructivo y la cocinera pudo amamantar a su hijo en paz y olvidarse por un tiempo de las ollas gigantes del comedor de la primaria donde se quemaba las pestañas día tras día. Pronto se puso flaca y ojerosa, y la tensión se le fue por las nubes. Cuando pudo volver al trabajo, la convivencia se tornó insoportable. A su marido no había niñera que le viniera bien y la acosaba por teléfono a cada instante. *Dónde estás, pusiste a una inútil para cuidar al chico, hace dos días que nadie cocina en esta casa, para qué mierda me casé con una cocinera si no puedo comer un plato caliente y decente de vez en cuando, hasta qué hora pensás trabajar hoy, por qué llegás a esta hora, te dije que no necesitás trabajar, si yo no te hago faltar nada, vas a tener que elegir entre ese trabajo o tu marido y tu hijo.*

Un día, después de tres años de sacar paciencia hasta de las piedras, la cocinera, harta de discutir con él a través del celular, arrojó el aparato contra una pared mientras revolvía un guiso de arroz para doscientos niños y fue su fin. Miró a sus compañeras de cocina y les gritó:

—¡No lo soporto más!

Un infarto le estrujó el pecho y la dejó desfigurada de dolor en el piso de la cocina.

El padre tuvo que criar a su hijo solo y eso lo distrajo de su viudez. Sin ningún remordimiento, sin lágrimas, ayudado por una muchacha que oficiaba de niñera y de amante sin privilegios, se dio a la tarea de ser padre por una vez en la vida. Algo de lo que, con su primogénita, no había sido capaz. La actriz sabía que el infarto de su madrastra era el infarto que merecía su padre. Era él quien debía morir de aquel modo, no esa mujer discreta y trabajadora que había caído en la desgracia de acollararse con él. No resistió el rigor de ese hombre. La actriz lo supo siempre, desde que el padre las presentó formalmente, siendo casi una adolescente. Una mujer así no iba a durar mucho a su lado. No porque no lo amara; era necesario un temple inhumano para soportarlo. Y sabía algo más: su padre era incapaz de querer a otra mujer que no fuera su madre.

El hermano menor de la actriz quedó en las peores manos posibles. Fue muy amado, mucho más que la hija travesti a la que el padre no podía querer del todo. Pero ese amor se originaba en un lugar insalubre. El padre se tomó a pecho la tarea de domesticar a su hijo en el espanto de ser hombre. Cada mañana le dio de beber su despotismo, su misoginia, su absoluto desprecio por "lo femenino". El niño aprendió a ser como su padre, a *ser* su padre también, y la actriz fue expulsada al punto de no poder regresar nunca más. Una y otra vez el hermano se erguía como un triunfador en el cariño del padre.

Y ella volvía a la casa de su padre porque tenía la esperanza de perdonar su desamor algún día. De que él hiciera algo, que tuviera un gesto para con ella, su hijo o su esposo, algo que la hiciera quererlo. Pero el padre la mantenía a raya.

Por suerte ahora llegaría su hijo, que pondría las cosas a su favor. No tendría que hablar mucho tiempo con su hija, su yerno y su nieto adoptivo. Su hijo el comerciante, el fuerte, el torpe, el grosero, el que vendía autos usados, la réplica de su lado gitano, su lado nómade.

Pobrecito m'hijo.

No hay Martín Fierro que aguante

El hermano llega por fin, para tranquilidad del padre y desconsuelo de la familia de la actriz. Una cuadra antes de llegar a la casa, comienza a tocar la bocina de manera frenética. La radio, a un volumen que aturde, lo más fuerte que se pueda oír el relato de un partido de fútbol, sin que le importen jamás la esposa o la hija. Toca bocina como loco, violento, y la casa enloquece con él. Los perros, los animales en el corral del fondo. Los pájaros en los árboles huyen despavoridos. Del coche baja la esposa del hermano, que sostiene con las manos un embarazo de seis meses. La niña, detrás, grita que pare de tocar la bocina, desesperada porque no puede quitarse el cinturón de seguridad.

—Hagamos ruido, vamos a hacerles ruido a estos chetos.

La niña sale disparada del auto cuando puede desabrochar el cinturón. Bajo el limonero la espera su primo, el primo más amado del mundo. Se abrazan. De obsequio: una bolsa con un vestido para ella, un vestido multicolor, muy bonito y muy caro. También un retrato de su madre con el pelo lleno de flores y animales. La niña grita de júbilo al verlo y reconoce a su tía. La madre de la niña se acerca a mirar el vestido, lo toma entre las manos como si fuera a comprarlo en un mercado de segunda mano, lo esculca de arriba abajo, lo huele y, como si no valiera nada, dice:

—Está bien, ojalá te quede.

Ve el retrato que su hija tiene en las manos.

—¿Quién es?

—Mi mamá —responde el niño.

Ella lo toma con la punta de los dedos, con el mismo desprecio con que trata toda la materia que existe a su alrededor, y le dice al niño:

—No se parecen.

—Sí se parecen.

—No se parecen en nada.

—Dejá de pelear, mamá. Lo voy a colgar en mi cuarto —dice la niña y abraza a su primo llena de júbilo.

—Tu padre no quiere más agujeros en las paredes —dice la madre.

Ella, la actriz, el foco de la discordia, ni siquiera se asoma. Está tendiendo la cama en el departamento del fondo de la casa. No tiene fuerzas para salir y enfrentar a su familia.

El hermano baja del auto después del concierto demencial de bocinazos. Saluda a su padre con un abrazo, el padre le dice *hijo querido* y le da unas palmadas en la espalda que retumban como un tambor. El abogado siente que tanta cursilería de macho lo marea.

—¿Y mi hermana dónde está? —pregunta el hermano.

—Adentro, guardando una mercadería —justifica el esposo.

—Siempre tan pollerudo vos, siempre excusando a la maleducada esa.

Simula un poco en broma, un poco en serio, que desea pelearse con su cuñado por ocupar con su auto el lugar que le tocaba a él como hijo del dueño de casa. Va a su encuentro con el pecho por delante y un poco en broma, un poco en serio, dice:

—Me ocupaste el estacionamiento, cuñado. Claro, mi auto no es tan lindo como el tuyo, ¿no?

—Lo pongo bajo el nogal de la entrada —responde el esposo de la actriz.

—No, dejá. Los que nacimos sin suerte nacimos sin suerte. —Y se dirige al padre—: Me podría haber tocado un poco más de suerte en la vida, ¿no, viejo?

¡Pum! El simulacro del golpe sobre el pecho de su cuñado, que no se inmuta, no parpadea, no responde a la provocación. El esposo ya lo conoce. Lo espera rígido con la seguridad de ser mucho más alto y robusto que él, con la tranquilidad de haber estudiado años y años artes marciales, desde adolescente.

El hermano comprende que no es el tipo de broma que pueda soltarle a su cuñado, así como si nada.

Y ahora sí, la actriz se asoma a la puerta, se abraza con su cuñada embarazada y le toca la panza. No es que crea que ese gesto tiene alguna importancia. Va a saludarla sin saber muy bien qué hacer, por eso recurre a un gesto común. Hasta ella los precisa a veces.

—Ay, ese bebé, qué enorme.

—Son dos y son muy chiquitos para ser dos.

—No sabía que eran dos. Mi hermano no me contó.

—Y no… él seguro con vos habla de otras cosas…

¿Y la familia del hermano? Viven en una casa sin terminar que les prestó la madre de la actriz. Una casa que heredó de una tía solterona. Y allí dentro sucede una pequeña mafia.

La cuñada vive de mal humor y lo disimula bajo una sonrisa de yeso. Una sonrisa con un sedimento amargo, de displacer incluso por el aire, incluso por su hija, a la que trata con violencia cuando su marido no la observa. Siente una especie de repulsión por esa criatura rubia, tan salida de las publicidades, tan angelical y blanca como su esposo y a la vez tan precoz, tan sensual, tan llena de algo que a ella le falta, sin duda. Alegría.

Una mugre material entristece su amor de madre. Ese no saber ser madre y sin embargo serlo. No estar ahí ni para las cosas más elementales, como el amor.

El hermano, en consecuencia, también vive de mal humor, porque intuye la enemistad entre su hija y su mujer, el silencio que guardan, amenazante, la una para la otra.

Alguna vez ha tenido que ir a buscar a su esposa a la comisaría porque la han pescado robando estupideces en los supermercados. Verdaderas estupideces que no necesitaba. Ella siempre respondía con arrogancia.

—Si no te gusta, andate.

El hermano trabajaba haciendo changas aquí y allá. Era joven, fuerte, y no le tenía miedo al esfuerzo. Como era hijo de su padre, contaba con referencias de sobra para conseguir trabajo. Pero estaba resentido: quería tocar la guitarra, quería irse por el mundo en motocicleta. No quería estar casado. Aceptaba a su hija sin pensar demasiado en cuán cierta era la felicidad de ser papá y creía, secretamente, que estarían mejor con su mujer si no hubiera sucedido lo del embarazo. Vivía en una especie de teatralidad masculina: el esfuerzo, los músculos, la esposa, la hija, el padre, el alcohol, siempre el alcohol en cuanta reunión con sus amigotes se hiciera. La violencia también estaba teñida de esa teatralidad. Pegar puñetes a las paredes. Silbar a cuanta mujer pasara frente a las obras en las que trabajaba, acostarse con chicas de las que no recordaba el nombre. Pelearse de cuando en cuando con otros varones como él, vivir de mal humor, quejarse mucho, nunca leer, nunca escuchar música, nunca ir al cine.

La niña sobrevivía a fuerza de su propia magia. Sus padres nunca iban a buscarla al colegio, sus padres nunca iban a verla brillar en los actos escolares. Su mamá no le enseñó a andar en bicicleta, ni a escribir su nombre, ni supo quererla cuando más lo necesitaba.

Por eso huye con su tía cada vez que puede. En la escuela, mentía que la actriz era su mamá y que vivía en una mansión con mayordomo. Los niños le creyeron hasta que un día fue a buscarla su verdadera madre, la resentida, y cuando los compañeros de su hija le preguntaron si era cierto el cuento que contaba, ella le tiró del pelo.

—Te dije que no me gusta que mientas. Son mentiras. Ojalá viviéramos en una mansión.

Se burlaron de la niña el resto del año.

Entendí que mi hermano era la medida de hombre que usaba para juzgar a los demás. Cualquier percepción que yo tenía de un amante, de un colega o un amigo, era a partir de él. Mi hermano arregla cosas, conoce de electricidad, de plomería, de carpintería. Sabe pelear, es irónico y siempre se perfuma cuando va a verme. Es fuerte y tiene ojos hermosos. Cuando se acerca, tengo el impulso de huir. Nunca me siento en paz cuando está cerca, presiento el abismo que nos espía.

Durante el almuerzo, el padre deja en claro que su hija no existe para él. Habla con su yerno, con su hijo, con sus nietos, incluso habla con su nuera. Pero no habla con su hija, no le hace preguntas, no contesta a sus preguntas tampoco. La hija elogia las verduras de su huerta, pero él responde de un modo en que la conversación no puede continuar. El hermano es capaz de todas las groserías posibles, molesta tanto que hasta el padre se siente enfermo con su actitud y le pide que termine con la escena del maleducado. Eructa, bosteza sin taparse la boca, habla con la boca llena, se sirve del vino que ha traído su hermana con voracidad y no pierde la ocasión de comentar que solo personas a las que les va tan bien en la vida como a ellos pueden darse el lujo de comprar vinos tan caros, para paladares tan finos.

—Acá nosotros somos unos gronchos… O ustedes deben pensar que somos unos gronchos.

—Claro, si te comportás así, vamos a pensar que sos un groncho —responde la actriz.

Para rematar, la cuñada cuenta, con la boca llena de ensalada, que en el pueblo donde viven, un pueblo a diez kilómetros de allí, han echado a unas prostitutas por sidóticas.

—A pedradas. La gente se enteró de que las dos putas eran sidóticas y les apedrearon la casa.

—Sí, les hicieron mierda las puertas y las ventanas —dice el hermano.

—Y no las prendieron fuego porque se escaparon por el patio de atrás —agrega la cuñada.

Se produce un gran silencio en la mesa. No es posible contabilizar las veces que la cuñada usa la palabra *sidótica* en un chisme breve, forzado, traído de los pelos vaya a saber con qué intención. El niño agacha la cabeza y abandona los cubiertos porque reconoce esa palabra, sabe de qué se habla cuando se dice *sidótica*. En el instituto le decían que era hijo de una sidótica cuando querían humillarlo. La actriz traga saliva, el hermano continúa con sus modales de vikingo. El esposo está a punto de responder a la agresión, pero la actriz pone la mano sobre su pierna y aprieta con suavidad como pidiéndole que se tranquilice, que respire, que ella se encarga. Él se calla, pero se siente herido y siente que han herido a su hijo también. El niño levanta la vista y pregunta:

—¿A mí también me van a echar a pedradas de casa?

—¿Por qué preguntás eso? —responde el padre acariciando el pelo renegrido y lacio de su pequeño hijo, el amor de su vida.

—Porque yo también soy sidótico como mi otra mamá.

La actriz le da un beso en la frente que electriza la mesa entera. Luego lo trae contra su pecho un momento para que el niño no vea su tribulación y le pregunta como si fuera un examen de la escuela:

—¿Cuál es la diferencia entre el sida y el VIH?

—El sida es la enfermedad que te agarra cuando no tomás la medicación y el VIH es el virus que podés tener toda la vida, pero mientras tomes la medicación no te podés morir.

La madre pregunta otra vez sin dejar de acariciar y besar el rostro de su hijo:

—Nosotros vimos los números de tus últimos estudios, ¿qué decían sobre la carga viral?

—"Intedectable" —responde el niño, y se corrige mientras niega con la cabeza y se ríe—: ¡In-de-tec-ta-ble!

—Muy bien.

La actriz hiere a su cuñada con la mirada. Y luego a su padre. Y luego a su hermano. Y el hermano intenta cambiar de tema con astucia. El esposo se levanta furioso, quiere decir algo, pero ella le suplica con los ojos que no intervenga.

—¿Por qué no se llevan los platos a la habitación de arriba y comen ahí que está más fresco? —les pregunta la actriz a su hijo y a su sobrina.

Los niños toman sus platos, sus cubiertos, el esposo carga los vasos, las servilletas y los acompaña al cuarto. Cuando ella escucha que los niños cierran la puerta, arremete contra su cuñada.

—¿Te das cuenta de lo que acabás de hacer?

Pero la muy zorra finge no entender. Se acaricia la panza y la mira fijo mientras continúa rumiando una molleja crocante.

—¿Me hablás en serio? —pregunta la cuñada mientras se reclina sobre el respaldar de la silla y adopta la postura de una embarazada que ya no puede más con su gravidez.

Le gusta medirse con la actriz, le gusta hacerle notar a la actriz, tan altanera, tan instruida, tan hija de su época, que las mujeres como ella, las mujeres con vagina, son más importantes que estas mujeres de mentira, porque ellas dan a luz.

—¿Sabés el daño que le acabás de causar a esa criatura hablando así? —insiste la actriz.

—No, la verdad que no entiendo de qué me hablás.

Por detrás, el esposo regresa del cuarto donde ha dejado a los niños, pasa por el comedor sin mirarlos y se va al patio.

El padre interviene:

—No hagas una escena. Es chico, no se da cuenta.

—Está loca. Está buscando pelearse, como hace siempre —se queja el hermano—. Le encanta romper los huevos, no sé cómo la aguanta el boludo ese que está ahí afuera.

—Bueno, como siempre, el comentario progresista de mi hermano —responde la actriz.

El hermano suelta una carcajada que encierra lo que él cree de ella.

—¡Ahí está tu hija, ves! Loca, está loca, siempre estuvo loca.

El padre, con una autoridad antigua, ya sin injerencia sobre los hijos, intercede una vez más:

—Terminen con la pelea, acá no pasó nada. El nene está con la prima mirando tele. Comamos en paz.

La actriz no abandona y baja la voz para decirlo:

—¿Te olvidaste de que mi hijo es seropositivo?

Entonces la cuñada se tapa la boca con las dos manos para ilustrar su falsa sorpresa.

—¡Disculpame! ¡Me olvidé! No me acordaba, ay, qué papelón. Perdón, perdón, soy una estúpida.

—No le pidas disculpas. Estabas contando una historia. Es cierto, echaron a esas putas de mierda por sidóticas. No tiene que ver con su hijo —ordena el hermano.

—Es que se ve tan sanito que no parece que estuviera enfermo.

—¡Se terminó acá la discusión! Parece mentira, siendo hermanos, tratarse de esa manera. —Pobre padre incapaz de ser padre.

El hermano y la cuñada comienzan a cuchichear entre ellos, a reírse con risitas venenosas, ignoran a la actriz, quieren poner otro tema en la mesa, entonces ella se levanta con un nudo en la garganta.

—Me voy a casa de mamá, va a ser mejor. Vuelvo para la cena —dice la actriz—. En la heladera está la torta de limón y crema que te gusta.

El hermano da un golpe sobre la mesa.

—Andá a buscar nuestras cosas —le ordena a su esposa.

Es él quien no va a quedarse con su familia para soportar que su hermana lo mire desde arriba.

Ella sonríe. Sabe del resentimiento de su hermano. Cada piedra encimada sobre otra piedra, cada ladrillo cargado, cada pala de arena tirada en la máquina de hacer mezcla, sus manos cuarteadas por el cemento, la cal, su espalda molida a palos cada noche, los ojos ardidos por el polvo constante, la piel renegrida por el sol, los juguetes de pobre con que consolaba el aburrimiento de su hija, la sequedad del pelo de su mujer, el departamento que le prestaban para vivir porque él no tenía con qué pagar un alquiler, las paredes siempre frías y ajenas, siempre húmedas, todo era por culpa de su hermana.

Luego está, por supuesto, el odio que le tiene por los comentarios hirientes que le hacían en el pueblo sus amigos.

¡Y cuánto había deseado su muerte! Incluso el día que la llevaron inconsciente al hospital porque habían intentado violarla y él era un niño. Sintió el deseo de que la vida de su hermana se terminara y con ella, su sufrimiento, sus malas notas en el colegio, el hacerse pis en la cama por las noches, la vergüenza de su padre por tener una hija como esa.

—Yo no tengo la culpa de que me vaya mejor que a vos —dice la actriz y les pregunta si puede llevar a su sobrina a la casa de su madre. La cuñada le dice que sí y le reitera sus disculpas, pero el hermano le pega en el dorso de la mano para amonestarla.

—Por favor, vuelvan a la noche que tengo para asar la carne que les prometí —dice el padre.

Ella no lo escucha. Su hijo le habla.

—¿Por qué nos vamos, ma?

—Para poder estar más tiempo con tu abuela —responde la actriz mientras guarda los toallones y la pantalla solar en la mochila.

—Pero yo quería meterme a la pileta.

—Bueno, a la tarde cuando baje el sol te metés en la pileta de tu abuela o vamos al río.

—¿Es porque te peleaste con mi mamá, tía?

—No es por eso. ¿Pueden dejar de hacer preguntas?

—¿Es porque te peleaste con el tío?

—Basta, no tengo más respuestas para darles. No me cabe una pregunta más.

El abogado maneja en silencio. Tiene los ojos húmedos y un rencor nuevo que se gestó por su esposa. Sabe que es injusto responsabilizarla, pero odia a la travesti que va sentada a su lado con una mano sobre su pierna, como último contacto en el desastre.

El hambre de las madres

Van en el auto a la casa de la madre. Huyen un poco, es lo que se hace para sobrevivir; eso piensa la hija, que la huida es legítima. La sobrina le dice que quiere ir a su departamento otra vez.

—¡Era lo que te íbamos a decir! —grita el niño.

El padre sonríe a pesar de los nervios de hace un momento.

Ella le dice que así será.

—Pero mi papá me dijo que nunca más —dice la niña, sombría y apenada.

—¿Por qué dijo que nunca más? ¿Nunca más vas a venir a mi casa? ¿Por qué dijo eso el tío? —pregunta el niño.

—No sé, hijo —responde la actriz—. ¿Cómo voy a saber yo qué pasa en la cabeza de tu tío?

La niña no contesta. La actriz piensa si el hermano se atreverá a prohibirle a la niña que la vea. Se responde que no, que no es tan cruel todavía. Pero, al bajar del auto en la puerta de la casa de la madre, la niña aparta a su tía y le pregunta si es posible contagiarse de esa enfermedad que tiene su primo nomás por jugar con él. Al principio ella no sabe a qué se refiere su sobrina, hasta que entiende de dónde viene aquella pregunta. Ella piensa la respuesta adecuada y finalmente elige decirle que no. Tan solo eso, que confíe en ella, le promete que nada va a pasarle.

—¿Confiás en tu tía?

La niña asiente. Su madre le ha hecho temerle al niño que más ama en el mundo, tal es la amenaza que las madres depositan sobre el amor.

—No es posible si se toman los cuidados necesarios. De todos modos, tu primo está muy sano. Hay cosas de médicos que son difíciles de explicar. Pero confiá en mí.

—Soy hija de una hippie —le confesó la actriz al abogado cuando comenzaron a salir. Como si esa fuera la peor cosa del mundo.

La actriz había aprendido de su mamá a no vivir con discreción (y esta era posiblemente la mejor enseñanza que había podido dejarle). Le heredó su pasión por la particularidad de un estilo, la libertad de la desnudez, del desparpajo.

Cuando la actriz le dijo a la madre que quería travestirse, la madre la abrazó y le respondió que nunca había soñado con la posibilidad de tener una hija como ella, así de hermosa, una amiga. De repente había cambiado a su hijo por una amiga y eso era mucho mejor.

Que otros vivan discretamente sus cuerpos, sus amores, sus vidas. Pero no ellas.

El esposo ríe cuando la actriz pide que le recuerde no parecerse a sus padres. *No te parezcas a tus padres. Podés hacer lo que quieras en esta vida, menos parecerte a tus padres.* Cada día se lo recordaba a sí misma.

La casa de la madre es un chalet con parque, ubicada casi al final de una loma. El desnivel del terreno es de las cosas más atractivas de su casa. Además, tiene un departamento en el patio trasero que alquila en verano a parejas de turistas y un salón de unos veinte metros cuadrados que ahora funciona como un taller de carpintería. La casa está guarecida bajo los árboles que ella quiso conservar cuando compró aquel terreno. Grandes algarrobos, espinillos, un chañar y los frutales que sembró desde el primer día que se instaló allí.

En el pueblo, los solteros se apresuraron a coquetearle y ella hizo todo, tocó todo, probó todo, como una adolescente. Volvió a sus antiguos discos preferidos, la voz de Maria Bethânia cantando a Noel Rosa, una y otra vez. Un día se miró en el espejo y se vio como siempre había querido ser: sofisticada, honda, impredecible. Al liberarse de las cadenas que le había hecho arrastrar su propio aburguesamiento, dejó la ropa insípida de mujer casada y se atavió de sedas transparentes, tejidos calados, bambula y lino teñidos con tinturas naturales. Puso los corpiños junto a la ropa para donar y sintió una libertad nueva.

—No me imaginaba que sacarse a un hombre de encima fuera mejor que tener a un hombre adentro —dijo en un brindis que organizó con sus amigas para celebrar el divorcio.

Se dedicó a leer las cartas del tarot, que era algo que había aprendido de las mujeres de su familia. Era tan perceptiva y sabía tanto de la gente del pueblo y sus alrededores que podía elaborar una semblanza, un futuro, solo con mirar a sus clientas. No hay que ser brillante para percibir qué amarguras y qué alegrías oprimen a los demás. Las ponía de pie, les pedía que cerraran los ojos y se inmiscuía en los detalles, cualquier cosa le servía para hacer un significado: si la clienta estaba maquillada o no, algún moretón, la textura del pelo, el tamaño, la ropa que usaba. No era un privilegio solo suyo, cualquier mujer del pueblo, acostumbrada a callar y a vivir el lenguaje como un secreto, podría haber hecho lo mismo. Pero ella se aventuró y la fortuna estuvo de su lado. Cuando las paisanas sacaban turno por teléfono y le dejaban su nombre, ella en su cabeza ya elaboraba un primer diagnóstico basado en el chisme, en los dimes y diretes, en sus observaciones de vecina. Las cartas, fueran cuales fueran, solo venían a confirmar sus pronósticos iniciales. El tarot tenía algo de poesía, la madre lo sabía, poesía y mentira.

Aun así, la tristeza de su hija se le escapaba de los naipes. Incluso siendo profeta, no podía ver los hoteles en los que su hija lloraba a solas después de alguna alfombra roja.

Como bruja, se había enriquecido más de lo que esperaba y podía darse algunos gustos que nunca en su vida de casada había imaginado, como irse de vacaciones al caribe mexicano, pagar por sexo a hombres negros en Brasil, cenar en restaurantes caros, darles regalos costosos a su hija y a su nieto. Y como frutilla del postre, había conocido a un hombre joven, un carpintero bohemio veinte años menor que había hecho los muebles del departamento del fondo y luego le había alquilado el salón para poner su taller. El muchacho tenía pelo largo y facilidad para hablar con los animales. Después del padre de su hija, la vida la premiaba con esta carne joven que por las noches saltaba la ventana de su cuarto y la despertaba montándola con una delicadeza que parecía no despertarla nunca del todo.

—¿Y cómo es? —preguntaban las amigas babeando de curiosidad.

—Como coger con un hombre de piedra —respondía ella y las amigas se desternillaban de risa.

Al igual que su hija, la madre también se paseaba desnuda por la casa. Tenía un cuerpo todavía firme, condensado con arte bajo la piel morena, los pechos de sesentona derramados en la cintura, la cadera aún redonda, un pubis renegrido y ensortijado. A menudo atendía así, en cueros, a sus clientas más antiguas y era parte de la atracción. Su nudismo la distinguía. Algunos turistas, seducidos por la novedad, pedían cita con ella en verano. Pero la madre no se arriesgaba. Como no conocía sus vidas, no podía descansar solo en el tarot. Siempre ponía la excusa de estar exhausta.

De algún modo, desde su trono de adivina y su contubernio con los demonios que le sugerían el futuro, ella digitaba las vidas de las mujeres, que la buscaban desesperadas por ayuda. Era notable cómo las mujeres del pueblo tenían miedo de sus maridos, de sus novios, de sus padres, de los tíos que las habían violado cuando eran pequeñas, de los padrastros que las habían manoseado cuando eran adolescentes. El miedo que sentían se adhería a las paredes de su casa como una mancha de humedad. Llegaban mujeres golpeadas, engañadas, desengañadas, vueltas a golpear, mujeres sin salida aparente a sus problemas. La madre de la actriz iba suturando heridas por aquí y por allá, como podía. Ella sabía que se enfrentaba a la tristeza de ser mujer en un pueblo como aquel, donde había castigo para cualquier asomo de impulso vital. Resistía el embate de esas soledades desesperadas con la fuerza que obtenía del rencor por su matrimonio.

—Tu padre fue mi propia ciénaga —le dijo a su hija una vez.

La pitonisa era buscada para dar consuelo. Para abrazar. Ella daba eso, pero no podía evitar manipular, en nombre de la magia, las decisiones que esas mujeres tomaban. Provocó divorcios, escándalos, reconciliaciones y abandonos. Incitó guerras y soliviantó pecados. Los hombres del pueblo la odiaban y deseaban por igual, y podía vivir con eso. Los ojos de zorro encima de sus hombros, de su largo pelo que era una armadura, una cota de malla que la protegía de sus odiadores.

—Tu mamá es más travesti que todas nosotras juntas —le dijo a la actriz la misma amiga que la había tratado de traidora en la fiesta de su casamiento.

Una tarde, estando de vacaciones en la casa de la madre, la actriz desapareció. *Se la tragó la tierra.* El niño preguntó por ella cuando quiso ir al río y nadie contestó. Buscó a su mamá en las habitaciones, en el patio, y no estaba. Poco a poco, comenzó a desesperarse y a desesperar a su abuela. Ella avisó al padre del niño, para desesperarlo también, porque no quiso llevar esa carga sola. La llamaron por teléfono y no contestó, le enviaron whatsapps y no los leyó, llamaron a lo de su padre y tampoco estaba ahí.

—Qué raro, poniendo a todo el mundo nervioso —comentó el padre de la actriz.

Y el clamor de niño abandonado puso la casa patas arriba. La abuela salió a buscarla por el pueblo, fueron con el niño hasta el centro y no la vieron.

El esposo también, por su parte, buscó a la actriz, pero con la tranquilidad de saber dónde podía encontrarse. Pensaba que se había ido al río, a la casa del borracho amigo de su papá, el que *le había salvado la vida*.

Bajó hasta la playa y desde la orilla divisó al viejo podando unos árboles que ya se enredaban con los cables de luz. Su primera hipótesis había fallado. ¿Dónde podía estar su esposa si no era allí? Dónde, dónde, dónde. Luego fue hasta la casa de la mejor amiga de la secundaria y tampoco. Ni noticias de ella.

Al regresar a la casa de su suegra, fue porque sí hasta el taller de carpintería, porque no había nada que perder con ir a mirar allí.

Y la encontró.

¡Y cómo! Acaballada sobre el amante de su madre, el bohemio carpintero de pelo largo, moviéndose tranquilamente, a un compasito contenido, como si bailara en un espacio reducido, sobre un colchón de aserrín, él con los pantalones en los tobillos y ella sin siquiera quitarse la tanga. Apenas la había corrido a un costado como para que él la penetrara. El carpintero escupía su mano y la mojaba. Ella también escupía y lubricaba la verga del chongo, que desde donde el abogado miraba, se adivinaba enorme, casi el doble de grande que la suya. Chirlos en las nalgas, cachetaditas en los pezones, mordiscos arrojados a la nada. Ojos en blanco, súplicas y jadeos. Golpeteo de culo e inconsciencia. El abogado pudo oír hasta el jugo brotando del roce entre una cosa y otra, nunca la había esuchado gemir así.

Se marchó de la escena sin hacer ruido. Mientras regresaba a la casa, murmuró *qué travesti de mierda*. Llamó por teléfono a su suegra y le avisó al niño que la madre ya volvería, que estaba en casa de una amiga.

Por la noche, la actriz y su esposo discutieron. Afortunadamente, el niño dormía en la planta baja, donde el ruido no llegaba de la misma manera que al cuarto de la madre.

—¡No valés ni la mugre que juntás bajo las uñas! —escuchó gritar a su hija.

Hija'e tigra, pensó la madre.

No entendía qué contestaba el yerno. Parecía que su hija lo estrangulaba para que no hablara. Y era capaz, era digna carne de su carne. Había sido una gran discípula en el arte de enloquecer a un hombre. Había aprendido que no era el amor, que no era la rutina o los días de despertar junto al otro lo que importaba, sino la satisfacción de tener a un tipo con quien jugar y confundir. El arte de quitarle a un hombre cualquier punto de apoyo, herirlo, hacerle promesas, amenazarlo, dibujarle un mundo que se podía destruir con un suspiro.

Recostada en su cama, escuchó cómo se prolongaba durante horas una violencia que no podía ser más que sexual. Podía imaginar el rostro de su yerno, preferido por encima de su hija y también por encima de su amante bohemio y hasta del nieto. Sentía en el cuero el dolor del marido de su hija, que era la clase de hombre con que fantaseaba durante las ácidas noches de mujer casada, cuando su esposo se le subía encima hediondo después del trabajo y con un pene pequeñísimo la penetraba por unos pocos segundos, acababa y se echaba sobre su cuerpo minado de anticonceptivos. En el piso de arriba ocurría algo muy distinto, para lo que tal vez no estaban preparados ni su hija ni el abogado. La madre de la actriz lo sabía muy bien, lo que se enquista con la llegada de los hijos, lo que se cristaliza cuando la vida se resuelve, cuando ya se sabe de dónde vienen el dinero y la felicidad.

Parecía que el techo iba a caérseles encima. Por la potencia de la rabia con la que se escuchó un cuerpo contra el otro, una especie de gemido de una casa entera, una energía oscura y densa que rodaba escaleras abajo y amenazaba con comerse al hijo y a la madre con su sombra.

Desde entonces, el esposo no disfruta de esas visitas a la casa materna. Recuerda el cuerpo desnudo de su suegra, la provocación constante de esa mujer que él no sabe cómo rebatir, con esas batas chinas compradas en bazares, el olor a marihuana que desprenden sus muebles, el almizclado perfume de las cortinas y los almohadones. Y luego está también la presencia del amante de su suegra, el carpintero torpe que cogía con su esposa en el taller. El carpintero viril que no se bañaba, no se preocupaba por su aspecto, tenía olor a madera entre los dedos, la ropa cubierta de aserrín, con una vida silenciosa en su taller, apenas la radio a veces o discos de John Coltrane. Un carpintero que él también se hubiera cogido de no haber tenido ni un solo punto de contacto con su realidad. Algo que su travesti esposa no había aprendido.

No puede evitar esos celos, ni quiere tampoco. Es el precio del antiguo acuerdo, lo que se paga por no saber perder.

Yocasta y la prole travesti

La madre de la actriz los recibe vestida, afortunadamente. El esposo respira aliviado. Ya fue suficiente tensión en lo de su suegro. La madre está feliz, con los brazos abiertos, esperándolos en la puerta. Los perros de la casa salen a recibirlos también, a puro salto y resoplido. Desde el living suena la música brasileña que tanto le gusta a la madre. Carga a su nieto con la fuerza de una mujer joven. A pesar de no saber las razones, intuye que las cosas no han ido bien con el padre de su hija. Los esperaba por la tarde, pero de todas maneras para ella es una alegría recibirlos antes. Está sola desde hace unos días, con la tensión un poco alta, necesitaba de su hija, de su nieto, de su yerno. Lo que no se esperaba era ver también a la sobrina de su hija. Le cuestan los niños, menos su nieto.

—El carpintero no está, estoy sola hace quince días, vuelve esta noche —dice la madre.

—¿Y dónde está? —pregunta la hija.

—En la concha de su madre.

La madre se ríe. Está fumando incayuyo. El nieto ahuyenta con las manos el humo del cigarro de su abuela.

—No es como la marihuana, pero aleja los malos pensamientos.

La casa huele bien, una mezcla de ruda, romero, nopal que ha traído de México. Con su nieto en brazos, los hace pasar y les pregunta qué quieren beber. Es la siesta, pero ella no puede dormir, con la tensión alta y el dolor de cabeza le es imposible conciliar el sueño. La sobrina de la actriz está fascinada con los adornos que hay en esa casa: estatuillas de dioses indios, quetzales de canutillos, alebrijes, ídolos de piedra, bordados, tapices en telar, cuencos de barro, muñecas, marionetas, catrinas multicolores diciéndole a la muerte que es bienvenida, pequeños altares a vírgenes morenas. La casa parece una gran juguetería de amuletos contra el aburrimiento.

Se tiran sobre los sillones como perros. Se despatarran. La actriz apoya la cabeza en la falda de la madre. Luego de la discusión en casa de su padre quedó agotada. Al ser recibida con esa hospitalidad por su madre, se siente su hija. Un sentimiento perdido entre las desavenencias de dos mujeres como ellas. El esposo las mira embelesado, debe ser la primera vez que ve a su esposa en tal estado de indefensión, como si la contienda con su cuñada y su hermano la hubiera aniñado. Todas las capas de cinismo, indiferencia, su fervor de manipulación, todo perdido, para dar paso a una travesti desprotegida. De repente su esposa tiene la edad de su hijo.

—Tan bonita, mi chiquita. Tan flaquita. ¿Comés bien vos? —pregunta la madre.

—Sí, mamá.

—Cuando era chica no quería comer —cuenta la madre al esposo—. El padre la quería obligar a comer a cintazos. Las peleas que habré tenido por defenderla…

—Es que cocinás muy feo.

Risas.

—No es verdad. Ahora cocino mucho mejor, ya vas a ver.

Sentirse hija de alguien, no andar como una huérfana, como un blues viejo y doliente por la vida.

—Qué seco tenés el pelo, hija —continúa la madre—. ¿No te ponés nada después de lavarlo? Muy seco, está como una paja.

Ahí está, el zarpazo.

A la actriz el rostro se le amarga, el pelo se le seca como tierra, el cuerpo se le encorva. Va a sentarse con su esposo, avergonzada.

—Tengo al mejor colorista del país. Me cuido muy bien el pelo, mami.

—No tenés el pelo seco —la consuela el esposo acariciando su cabeza.

Todo vuelve a la normalidad. Siempre la misma cantinela, eso ya se ha oído en otras visitas. Odio para el padre de la actriz. Como si todavía lo amara, como si todavía lo odiara. No se cuida delante de la niña.

—Es tu abuelo, lo tenés que conocer —dice la madre a la sobrina de su hija—. Mejor ahora para que no te rompa el corazón cuando esperes una alegría que venga de él. Él no sabe dar alegría a nadie.

—Callate, mamá —se queja la actriz.

—Es la verdad. Si lo conoceré.

La niña la mira sin entender, la boca de la vieja se mueve, pero no entiende lo que dice esa señora. Cuenta chismes que se dicen en el pueblo, habla de cómo olía el padre de la actriz.

—¿Te acordás del olor que tenía? —dice la madre.

—Hablemos de otra cosa, ¿puede ser?

—Hablemos de cómo está el virginiano. Me sorprende que tu marido todavía no te haya envenenado el arroz.

—No cocino arroz, es puro hidrato de carbono.

—¿Por qué me iba a envenenar el arroz?

—Porque sos mala, porque sos rencorosa. ¿Por qué va a ser?

—La hora de los reproches. Todavía no te quejaste de haberme parido a 40 grados a la sombra.

—Es cierto, debería prohibirse por ley. No parir en verano.

El niño regresa del patio con la nariz sangrando, se chocó de frente con el vidrio de una ventana que no vio cerrada.

La abuela corre al botiquín y trae algodón para poner en las fosas nasales de su nieto.

—No hay que tocar la sangre —agrega la niña muy preocupada.

—No pasa nada, respirá por la boca. ¿Van a dormir acá?

—No, vamos a estar más cómodos en el departamento del fondo de Gargamel. Tiene aire acondicionado y ya dejamos nuestras cosas allá.

La madre suelta una carcajada. Así le decían a su exmarido, Gargamel, por gruñón y porque era pelado.

—¿Y tu hermano cómo se portó?

El esposo huye del living llevándose a los niños antes de que la bomba estalle.

—Es un gusano tu hermano —continúa la madre sin que la actriz le responda—. Es uno de los tipos más desagradables del pueblo. Por eso se casó con esa tilinga.

La madre arma un porro. La actriz le cuenta a su madre el episodio de las prostitutas sidóticas que echaron del pueblo a pedradas. Ella aporta algunos datos más, lo que sabe por los chismes. Cuenta que las buscó y les ofreció venir a su casa, pero ellas se fueron entre maldiciones. En la puerta del pueblo escupieron al suelo y envenenaron el aire con su rencor. Las maldiciones en aquel pueblo quedaban atrapadas por mucho tiempo.

El esposo ha vuelto a sentarse con ellas.

—No puedo creer que haya dicho eso delante del nene. —La madre está indignada.

—Sí, lo dijo —afirma el esposo.

—Es una ordinaria, igual que tu hermano y que tu padre.

Concluye la frase con resignación, porque sabe que no hay nada que hacer. Que la mujer a quien le presta un departamento para vivir insulte de esa manera a su hija y a su nieto, que use todavía la palabra sidótica, qué antigüedad.

—Los voy a echar a la mierda, les voy a pedir que se vayan porque voy a alquilar el departamento. ¿Cuántos años piensan vivir de arriba? Voy a poner en alquiler el departamento y la plata la voy a ahorrar para irme a la India. Tengo ganas, un viaje sola, ¿no?

La madre prende un incienso de ruda, que ella misma fabrica, ataditos de rama de ruda. *Vamos a alejar la mala onda, romero, romero, que se vaya lo malo, que venga lo bueno, vamos a poner un límite a la mala onda, romero, romero, que se vaya lo feo, que venga lo bello…* El nieto y su prima juegan en el patio con uno de los perros de la casa, el buen Narciso, el pasto está amarillento.

La actriz nota el lenguaje corporal de su madre. No es algo que pase desapercibido, el cuerpo de una mujer delante de alguien que le gusta. Ella sabe lo mucho que le gusta su esposo. La madre asegura estar feliz porque su hija se casó con un hombre bueno. Qué hombre medianamente decente iba a quererla con lo complicada que resultaba siempre para sus parejas. Ese abogado era la bendición en la vida de la hija.

—Cuidalo, cuidalo mucho, porque hombres así ya no vienen, no lo arruines, no te hagas la loca.

La tristeza del padre

Al contrario de la madre, el padre de la actriz se rindió.

Su exesposa no claudica, se esfuerza por estar cerca de su hija. Imagina ahora la complicidad entre las dos, las cosas que dirán de él, de su hijo. Ya elucubra los cuentos con que la hija va hasta la casa de su exesposa, cómo en ese mismo momento lo expone por no haber intervenido en el ataque de su hermano.

—Y papá, por supuesto, no les dijo absolutamente nada, ni a él ni a ella.

Pero sus hijos eran grandes. No necesitaban de ningún Salomón que tomase decisiones por ellos. Cómo iba a meterse en algo que no tenía lugar para un padre. Al fin y al cabo, su hijo era doce años menor. Su hijo era el que necesitaba ayuda. No la actriz. La actriz lo que necesitaba era que el abogado le ajustara la rienda. No con violencia, ahora que todo lo tildan de machista. Pero con autoridad de cónyuge.

Siempre había sido así. Incluso antes de que su hijo tomara por prendas principales las faldas y los vestidos de su madre, ya el padre tenía fama de ser violento y desamorado. Que le pegaba sin sentido. Que había faltado a su graduación. Que había faltado a su estreno. Que había permitido que el hermano la golpeara. Que le había dado más dinero al hermano que a ella. Que había olvidado su cumpleaños.

—Hola. ¿Estás sentado? —le preguntó la actriz por teléfono, después de mucho de no verlo.

—No.

—Tengo una sorpresa para darte.

—Bueno. —El padre esperó y del otro lado la actriz se quedó en silencio—. No tengo todo el día.

—Vas a ser abuelo.

No supo qué responderle en ese momento y le cortó. La sensación no era nueva, había sido abuelo de una niña preciosa. Su hija era travesti, no podía tener hijos, aunque había oído cosas, había escuchado de travestis que se casaban con hombres trans y tenían hijos, había escuchado de adopciones y vientres subrogados, pero ninguna de esas noticias tenían mucho que ver con la hija ególatra que había hecho hacía tantos años. Sería que el abogado era un hombre trans. No, no creía a la actriz capaz de ser tan *open mind.* Sería que todos esos viajes al exterior donde se gastaban lo que su otro hijo ganaba en un año o dos eran porque estaban subrogando el vientre de alguna extranjera muy pobre. Tanto había aprendido por culpa de su hija, vocabulario y conciencia de lo que decía y cómo lo decía. No quería aprender más. ¿No le bastaba con decirle cómo carajo habían traído un niño al mundo?

Ella no insistió después de que él cortó la llamada. Pero a la semana siguiente lo llamó nuevamente.

—El fin de semana vamos con tu nieto. Limpiá el departamento del fondo y esperanos con algo rico para comer.

Recién entonces el padre tuvo una sutil conmoción que se parecía al orgullo. E incluso entonces no se atrevió a preguntar. Aparecieron en su casa con un niño de seis años que ella cargaba como si fuera un bebé de meses. Encajado en su cadera. Qué fuerte era su hija. El nieto hablaba bien, era simpático, educado. Al padre le gustaban las personas que sobrevivían. Que su nieto fuera un sobreviviente le infundía un respeto en su ética personal, una admiración.

Monólogo de la madre

Yo quería un hijo varón. Prestaba atención a esas cosas. Cuando estaba embarazada, me decían que iba a ser una nena, por la forma de la panza, y yo no quería. No quería que fuera mujer. Las mujeres de mi familia sufrían mucho. Mis hermanas, mi mamá, mi abuela. Los hombres sufrían menos. Antes de saber que estaba embarazada, soñé que daba a luz a una zorrita de pelo rojizo que apenas salía de mí se comía toda la placenta y se escapaba corriendo. Después me enteré de que estaba de un mes y medio. Creció como pudo, la ayudé como pude, su padre también. Quiero decir: su padre no jugó en su contra, como oí que hacen otros. No. El problema con su padre soy yo, pero esa es otra historia. No viene al caso. Después mi hijo comenzó a robarme las pinturas de labios y las bombachas, y yo sentí que había un espíritu oscuro que me lo quitaba un poco cada noche. Un poco con cada luna. Un día me desperté y mi hijo no existía. Pensaba mucho en su padre. En cómo lo tomaría él. Me veía interviniendo por ella, para que no la golpeara, para que no matara a su propia hija. Pero no fue un gran shock. Para ninguno de los dos. Sabíamos lo que habíamos hecho cuando todavía nos amábamos.

La cicatriz que tiene en la mano no se la hice yo. Si ella les dice lo contrario, miente. Quiere hacerme quedar mal. Se quemó accidentalmente. No sé cómo puede acusarme de algo tan horrible. Creerme capaz de una cosa así. Yo por ella sentía amor y miedo, nada más.

Ella, en cambio, no sabe lo que es el amor o el miedo. A pesar de lo que le pasó, a pesar del marido que tiene, no lo sabe.

También me resigné a no tener nietos. Esa revancha que nos tomamos las viejas para suturar las heridas que dejamos en nuestros hijos. Ya me conformaba con mis perros, con mis amantes, con las fuerzas que rodeaban mi existencia. Y un día dejó la prostitución y se convirtió en actriz. Y otro día fue el novio guapísimo. Y otro día anunciaron su boda. Y un día me avisaron que era abuela. Y a mí algo se me quebró por dentro. Yo, que nunca supe cómo quererla, supe que ella se normalizaba para tranquilizarnos a su padre y a mí. Nunca jamás nadie había tenido un gesto así para conmigo.

Una noche de Navidad, las dos solas, luego de varios brindis, ella lloró y me pidió perdón por haberme hecho eso. Entre ahogos, me decía que ni mi exesposo ni yo nos merecíamos a una hija como ella. A mí también me habían picado las burbujas y no soporté ver la culpa en esos ojos que eran míos, su rostro que era mío, su cuerpo incluso. Esa parte de mí que sufría por habernos traicionado.

Nunca supe qué clase de amor correspondía darle. Nunca pude con su cuerpo. Y eso que las cartas me lo anunciaban, me vaticinaban su metamorfosis, su desarraigo, su partida. Yo malinterpretaba las señales, las ignoraba, pero estoy convencida de que todas las mujeres de mi familia que la precedimos, la historia de mi familia y el universo, hasta la piedra más insignificante o el insecto más venenoso, participaron de su travestismo. La inventamos, por necesidad de nuestra estirpe. La trajimos al mundo con brujería, llegó y está aquí conmigo.

Monólogo del padre

Cuando m'hijo cumplió seis años, le regalamos dos cabritos. Era chiquito como una lagartija, el más chiquito de la escuela. Todavía no se había cambiado el nombre. Se llamaba como lo habíamos bautizado con mi exmujer. Elegir su nombre había sido fácil.

Yo había comprado una cabra que estaba preñada, la compré por la leche, para poder tener leche en la casa, porque el crío era alérgico a la leche de vaca. La cabra se llamaba Jari. Por los dibujitos que veía, le había puesto ese nombre.

Un día me había ido, no sé a dónde, no recuerdo exactamente, y mi exmujer y mi hijo se habían quedado solos. La vaca y el ternero, les decía yo, porque siempre andaban juntos. Era imposible meterse en esa relación. Eran ellos dos y nadie más. Yo tenía celos, es cierto, pero qué iba a hacer.

La cosa es que el chico estaba durmiendo la siesta y mi mujer lo despertó a los sacudones. Le dijo que la acompañara al fondo porque la Jari estaba pariendo. Y él, de un salto, se fue a ver el acontecimiento.

Se había quedado tan alelado con el asunto de los cabritos, porque los había visto nacer, que se los tuve que regalar. Eran de color blanco y negro. Pinki y Dinki los bautizó. ¡La ocurrencia! Habrá sido algo que vio en la televisión, vaya a saber. Dormía con los cabritos, andaba de acá para allá con los cabritos, no hacía otra cosa más que jugar con esos bichos. Los llamaba por el nombre y ellos venían corriendo a sus brazos, como perritos, era increíble. Lo seguían al colegio. "M'hijo, el cabrito", decía yo, porque me tocó verlo así, con esos animales que le habíamos regalado y que eran pura fiesta, puro ruido en la casa. Yo no podía soportar esa alegría, a mí no me gustaba el ruido. Un día, estaba mi mujer lavando ropa en la galería de la casa, era invierno me acuerdo. Mi mujer lavaba ropa a mano porque yo siempre he sido muy pelotudo, me gastaba la plata jugando a la quiniela, o con mujeres, pero no supe regalarle a ella un lavarropas para hacerle la vida más fácil. Y después me pregunto por qué me dejó... La cosa es que estaba lavando y había mucho silencio en la casa, por eso sospeché que los cabritos y la cabra se habían ido detrás del crío, siguiéndolo a la escuela. Ese día el chico tenía un acto, no recuerdo si era 25 de mayo o 9 de julio, pero la cosa es que el niño estaba recitando un poema delante de los compañeros, porque siempre le gustó eso de actuar en público, y cuando terminó y lo aplaudieron, se escucharon también los balidos de aprobación que dio la familia caprina. Mi mujer entró como una loca llamando a los bichos: *¡Jari! ¡Jari! ¡Pinky, Dinki!*, y toda la escuela se dio vuelta para mirarla y reírse de ella.

Un día andábamos cortos de dinero. No me acuerdo qué teníamos que pagar y no teníamos un peso partido a la mitad, y estaban los cabritos que me los había pedido mi padrino, que tenía un campo grandísimo cerca de Chilecito, en La Rioja, porque cumplía años no sé si su mujer o la hija más chica o quién, y bueno, con la madre decidimos carnear los cabritos antes de que él llegara del colegio. Se los íbamos a vender carneados para cobrarle más. Faenamos rápido, en poquito tiempo habíamos terminado todo.

Cuando llegó del colegio y llamó a los cabritos para jugar, le dijimos que los cabritos se habían ido con Papá Noel, para ayudarlo a repartir los regalos de Navidad. Que se los habíamos prestado.

Se lo tomó bien, la verdad. Se puso triste, pero lo tomó bien. Después se metió a la casa y merendó, hizo los deberes de la escuela y quiso salir a jugar al patio. La cosa es que no nos dimos cuenta, con la madre, de que habíamos dejado los cueros de los cabritos colgando de la soga de la ropa. Para curtirlos. Se le pone sal y se lo deja secar así al cuero. Pobrecito m'hijo. Salió al patio y vio los cueros de los cabritos, agachó la cabecita y se metió adentro de la casa.

Después se encerró en la pieza y no nos habló por dos días, ni a su madre ni a mí. No quería comer, no nos hablaba. Mi mujer le rogaba que comiera algo, pero él, nada. Hasta que me cansé y le bajé los pantalones a cintazos para que aprendiera a no preocuparnos. Me fui a dormir con una amargura encima, porque eso que había hecho me dolía más a mí que a él. Y en la cama me di cuenta de una cosa. Ese día m'hijo dejó de creer en Papá Noel. Ese día perdió la fe. Le hice una cosa muy fea a mi propio hijo. No me voy a excusar. Lo hice y me hago cargo. Pero quiero que quede claro que le maté las mascotas a mi hijo por culpa de la pobreza. Todo fue culpa de la pobreza.

Ese día, m'hijo dejó de creer en Papá Noel y fue todo culpa de la puta pobreza.

El pasaje

Era joven, tenía veinte años, volvía de trotar en la playa del río. Le habían aparecido de golpe cuatro muchachos y una chica, gente del pueblo que uno podía cruzarse en el almacén, en la terminal de ómnibus, donde fuera. Uno de los muchachos, al pasar junto a ella, la tumbó de un golpe en la sien con una rama muy gruesa. La arrastraron al yuyal y ahí mismo, a puñetazos y patadas limpias, se dispusieron a violarla. La chica más jovencita gritaba enajenada, les pedía que la mataran. La actriz recuerda cómo le ardía el rostro cuando la arrastraban porque se iba raspando con las rosetas. *Levantate de una vez o vas a terminar muerta a manos de unos palurdos con olor a chivo. Levantate de una puta vez, defendete, hacé algo, movete, hija de una gran puta, o estos campesinos te van a matar a golpes.*

Uno ya estaba encima de ella, con el pingo duro a punto de penetrarla, cuando apareció el borracho con su caballo blanco. "Algunos hombres son héroes por naturaleza", decía Carson McCullers. El borracho que causaba las burlas de los niños, los comentarios maliciosos de los hombres y la piedad de papel barato que sentían los cristianos. El mismo que se dormía a lomo de su caballo, tan indefenso como lo estaba ahora ella. Con una pala golpeó a dos de los agresores, que cayeron al suelo, y volvió a asestarles golpes en las piernas. Los otros corrieron y desaparecieron. La chica quiso arañarlo y morderlo, pero él alcanzó a sacar la fusta enganchada al apero y la ajustició hasta que salió corriendo lastimada y aullando como una perra. El borracho, a través de la sangre que corría sobre el rostro de la muchacha, pudo identificar a la única travesti del pueblo.

Puso el cuerpo inconsciente de la actriz sobre el lomo de su caballo y de la brida guió al animal hasta la puerta de la casa de la madre.

—Aguante, m'hija, no afloje —le murmuraba mientras gritaba para ver si alguien lo ayudaba. Parecía estar solo en el mundo. Nadie en el camino apareció.

En la casa de la madre, llamó a los gritos hasta que la mujer salió a ver qué pasaba. Y vio sobre el animal el cuerpo de su hija. Mientras la madre se abalanzaba sobre ella, el borracho le explicaba con mucha vergüenza lo que había pasado. Trataba de hacerse oír entre los gritos de la madre ya manchada con la sangre de su hija.

El doctor del pueblo llegó en la ambulancia de inmediato y la trasladaron al hospital. La internaron mientras toda la maquinaria de la vida se activaba. La madre avisó al padre. El padre se puso blanco y el corazón le dio tumbos en el pecho. Al salir, dejó un mensaje a su hijo, que todavía no despuntaba su adolescencia: "Tu hermana está en el hospital, no sé mucho más".

Nunca pensaron que fuera cierta la tremenda fragilidad en que vivían las travestis, aún hoy, cuando parecía ser mejor, cuando había leyes y decretos. Su hija, que vivía en la ciudad y volvía a visitarlos de cuando en cuando, muchas veces les contaba de asesinatos, golpizas y robos a otras travestis que conocía, y ellos solo habían atinado a responderle que se cuidara, como si fuera posible cuidarse del mundo. Pensaban que la hija exageraba, los medios de comunicación decían otra cosa. Había travestis profesionales, en el pueblo estaba la dueña del Supermercado Marc, la odontóloga, la profesora de yoga. Las travestis ya eran parte del tejido social. No creían que la matanza continuara.

La policía quería tener la declaración de la joven, pero estaba sedada. El borracho, a un costado, permanecía con la cabeza baja. Un policía lo interrogaba con violencia y él respondía entre murmullos, sumiso.

—¡Hable más fuerte! —le gritaba el policía. La madre fue a intervenir. No podían tratarlo así. El borracho estaba preocupado por su caballo.

El padre, viudo, dolorido, había llorado entonces por su hija. La madre pensó que era bueno saber que podía llorar. Algo de humanidad en ese corazón de perro malo le quedaba.

—A partir de hoy, usté para mí es como un hermano —le dijo el padre al borracho y lo abrazó. El borracho apenas pudo abrazarlo, mientras el padre lloraba en silencio en la puerta del hospital. Se quedó mirando la calle, que seguía su ritmo de medianoche como si nada hubiera pasado. Pero en el hombro sintió como su camisa se mojaba con las lágrimas del padre de la actriz.

La madre recordaba el silencio del pueblo de repente. Si la humanidad terminara, así debería de oírse el mundo, pensaba. El cielo ya estaba negro cuando las sirenas de la policía comenzaron a gritar en el medio del valle.

Las mujeres del pueblo, llamadas de súbito por una mística, se asomaron a la ventana. La madre de la actriz gritó en la puerta del hospital. Al momento, una mujer respondió, muy cerca, con un grito. A la noche, al duende azul de la noche. Y luego gritaron otra y otra, y ladraron los perros y el valle se quejó del crimen que habían cometido sobre la actriz. Que era el mismo que se cometía sobre ellas, día tras día, año tras año, siglo tras siglo, desde que se había fundado el pueblo.

El padre fue a la comisaría para saber cómo avanzaba el asunto.

—Si alguno de esos hijos de puta queda libre, les prendo fuego esta comisaría, sépanlo —amenazó al oficial que lo recibía día tras día con su habitual indiferencia.

—La chica es menor, no se puede hacer mucho.

—A mí me importa una mierda si es menor o no; si la dejan suelta, se la crucifico a azotes en la plaza del pueblo.

—Tranquilícese.

—¿Usted vio cómo me la dejaron? ¿Usted le vio la cara? No me tranquilizo una mierda.

—Su hijo no tendría que andar solo vestido de mujer y trotando por el río.

—Es mi hija, cuidadito.

—No amenace, don, estamos trabajando —respondió el oficial.

—Usté no me conoce. Yo no amenazo.

Era cierto que no amenazaba. Era capaz de prender fuego la comisaría. No solo porque eran inútiles para detener a los agresores, sino además porque habían querido hacerle creer que la culpa era de su hija.

Seis meses presos. Y luego puestos toditito en libertad, uno por uno. La adolescente que estaba con ellos, ilesa. Al héroe borracho quisieron ponerlo a la sombra también, porque había lastimado a los muchachos. El padre de la actriz creía que iba a morirse de esa injusticia. No podía ser peor el mundo. Sobre todo para él, que se creía un hombre muy justo.

Al poco tiempo, sobre el terreno incendiado de esa familia, brotó hierba nueva. La vida se ordenó, la hija se recuperó, comenzó a visitarla una terapeuta en el hospital, la madre renovó los bríos de su cariño, el padre iba a verla todos los días, le llevaba flores, le llevaba comida, le ponía ungüentos en las heridas. Solo en esa fragilidad la actriz parecía existir para él.

Todavía estaba internada cuando el borracho apareció bañado, perfumado, con un ramo de flores salvajes contra el pecho, que apretaba con tanta fuerza que ya lucían mustias.

—Él te encontró —le dijo el padre.

—¿Cómo está? —le preguntó el borracho con un hilo de voz.

Ella como respuesta lo abrazó y lloró en su cuello. El borracho nunca había abrazado un cuerpo tan pequeño. Era como tener un conejito entre las manos.

El padre de la actriz le dio trabajo, lo hizo su amigo, se ocupó de él. Cuando viajaba, lo dejaba cuidando su casa, y no es poco decir. No había en el mundo nadie más desconfiado que el padre de la actriz.

Pasaron los meses y, para Año Nuevo, la actriz fue hasta la casa del padre a buscar unas verduras de la huerta y se encontró con su héroe sentado en la entrada de la casa, acariciando la frente de su caballo blanco, que tenía los ojos cerrados. El borracho sentía tanta vergüenza delante de esa travesti que estaba rojo y tartamudo, y no precisamente por el vino que había bebido desde la mañana. No era la misma muchacha que había cargado sobre su hombro para subirla al caballo. No era como otras travestis que él conocía; ella era liviana, pequeña, tenía la voz como campanas que repicaban muy lejos.

La muchacha iba con una bolsa llena de achicoria y tomates y zanahorias, y había cortado unos duraznos de la quinta y se llevaba también racimos de uva. Al verlo, gritó como si hubiera visto la luz mala.

—No se asuste, por favor —le rogó él.

—No me asusté, me sorprendí —respondió ella—. ¿Y mi papá?

—Su papá se fue a la casa de su novia. Me dejó cuidando acá.

—¿Qué novia tiene ahora mi papá?

—No sé, son cosas de él...

—¿Y vas a pasar el Año Nuevo solo? ¿No querés venir a pasarlo conmigo y con mi mamá?

—No, prefiero acostarme temprano, así no tomo tanto.

—Bueno, por las dudas le voy a decir a mi mamá que ponga un plato más en la mesa.

Ella fue a buscar una bolsa más grande para llevar las verduras y él la siguió por la casa. Cuando estuvieron próximos, tan cerca que se podía oler el alcohol que le brotaba del cuello, ella fue hasta la mesa de la cocina, se apoyó, levantó el vestido hasta la cintura y le ofreció su culo que era pétreo y redondo, y él se quedó duro, como si hubiera visto un extraterrestre. Quiso hablar y no pudo.

—Vení, por favor. Vení que te necesito —le dijo la actriz entre mohínes.

—No. Acá no.

—Dale, acá, vení, quiero que me cuides acá también.

Ella se bajó la bombacha y el borracho pudo sentir el olor a crema y jabón que salió de entre las nalgas. Se arrodilló y lo besó, y ahí mismo consumaron un rito de gratitud. Los niños de la cuadra tiraban cohetes y petardos como locos, mientras el borracho entraba en esa carne que él mismo había devuelto a la vida. Ella le pedía que le escupiera el culo para permitirle resbalar con más facilidad, y el olor de su saliva era agrio, mezcla de vino y tabaco. Al comienzo le dolió y comprendió cuánto tiempo había pasado desde que ese hombre había cogido con alguien. Años y años desde que había remplazado el goce de la carne con el alcohol. Fue tan breve que ni siquiera pudo acostumbrarse al dolor y comenzar a gozarlo. Antes del orgasmo, él salió y derramó todo su semen sobre las nalgas que ella le regaló para despedirse del año viejo. Luego se subió los pantalones y corrió a buscar servilletas para limpiarla.

—Por favor, no le cuente nada a su papá.

No le contestó. Con una mirada perversa, lo dejó solo en la casa de su padre y volvió como si nada a la casa materna a beber champán y comer pan dulce de masa madre.

Primeras conclusiones

Luego de huir del padre y pasar la tarde en casa de su madre, ella no ha tenido tiempo de verse con el borracho y eso la subleva. La embronca. Siente una nuez de brasas dentro del cuello, un radiador de calor que la desconcentra, que no le permite ver con claridad. Está mareada de desear a ese hombre. Se acostumbró a no tener palabras para decirse lo que desea de él. Pero ahí está, caliente, elaborando una estrategia para escapar y ponerse encima del borracho sin decir ni una palabra. Ese pacto silencioso que perfeccionó su más grande deseo, el no decirse ni una palabra: llegar, coger, vestirse e irse. Y aunque parezca tan sencillo, era su afán más poderoso.

Mientras toma el té con su madre, estupidizada por sus pensamientos, se muerde la lengua y sangra. La madre corre y le pone miel. El esposo y los niños están afuera. Las tres criaturas.

—Esto te va a coagular rápido. La miel es cosa seria —dice la madre mientras con una cucharita de té le unta la lengua—. Estás ansiosa. Ese Venus en Capricornio te va a terminar matando.

—No es el momento de hablar de mi carta natal.

La hija se muerde de rabia.

—Y estás más flaquita. ¿Estás comiendo bien? —La madre continúa su tarea de excavación.

—Sí, pero me gusta estar así de flaca.

—Pero tan flaquita me da miedo que te enfermes, hija.

—Me enfermo cuando no me dejan en paz.

La hija la ignora. Busca en la heladera algo con qué mantener la boca ocupada.

—¡Nunca hay nada normal para comer en esta casa!

La madre le ofrece tarta de espinaca, tortilla de papa, hummus de garbanzo, pero la actriz rechaza todo. El nieto convoca a su abuela desde el patio. La madre de la actriz sale y se revuelca con el niño sobre el césped amarillento. Las risas se escuchan desde la cocina.

Al volver, encuentra a su hija sentada sobre la mesada mirando hacia el patio, hacia el taller del carpintero.

—Qué energía tiene tu sobrina, la verdad —se queja la madre.

La hija la mira recluida en su ánimo. Es del tipo de travesti que sabe, porque lo aprendió con sangre, que nada puede poseerse en esta vida salvo el ánimo que nos acompaña desde que nacemos hasta que morimos. La madre entiende, es algo muy antiguo que comparten las mujeres que viven en familia, ese agotamiento que dejan los niños luego de todo un día de convivencia. El agotamiento que deja un hombre, aunque solo se hayan compartido cinco minutos con él, la extracción de sangre que significa la presencia de un hombre al que no se puede evitar.

—Estoy agotada. Y ahora se le ocurrió que la prima vaya a casa. Tengo ganas de desaparecer.

—¿Y la obra? Tengo los recortes del diario con la crítica. —La madre adopta un aire teatral—. Una virtud: la actriz. Un pecado: no verla.

—Ya te dije que no me interesa guardar esas cosas.

—¿Estás durmiendo bien?

—No duermo bien desde hace años.

—Yo te lo dije, hija. La soledad te quedaba estupenda.

—Ahora querés hacerme sentir culpable.

—No, quiero decirte que siempre estás a tiempo de irte.

—No me manipules.

—Yo no soy la que te manipula. Vos sabés quién es. Tenés que aceptar que para que no te manipulen tenés que estar sola.

Por dentro experimenta un placer que viene de la venganza. Le da una tregua.

—Bueno, ahora sabés lo que es ser madre. Ahora me podrías entender.

—Si yo te entendiera, no tendría otra cosa que hacer en el mundo.

—¿Y los celos, a cuenta de qué? ¿Quién los auspicia?

La actriz respira lento y hondo, busca el sufrimiento para poder hablar de eso que le pasa.

En vano la madre le recuerda que el deseo por ella está más vivo que nunca.

—Creeme, soy bruja. Ese chico está enamorado de vos, podrá coger con cualquiera, pero a la que quiere es a vos.

—Pero si vos sabés que el amor no me importa. Que esto no tiene nada que ver con el amor.

Desde el patio, los niños y el esposo la llaman. La madre se incomoda porque también sabe que su hija tiene el umbral de la paciencia muy bajo y es capaz de irse, de desaparecer, de gritar, de dormir en un hotel con tal de no verlos.

La madre se ofrece a llevar a los niños al río. El esposo se suma. Juntan toallas y agua fresca y juguetes y salvavidas y parten al río. Le preguntan si de verdad ella no quiere ir, si es cierto que prefiere quedarse sola. Los perros también suben al auto y la casa queda en silencio.

—En la cajita de madera que está arriba de la heladera hay porro —le susurra la madre.

La actriz queda sola en esa casa donde se hizo travesti. Deambula en busca de buenos recuerdos, va hasta su cuarto, que se mantiene a pesar de los años, casi sin mutar. El cuarto de una adolescente que amaba demasiado a Sting y a los Doors. Se recuesta en la cama y duerme la siesta bajo el ventilador de techo. Allí donde ha hecho el amor con su esposo tantas veces. El mismo cuarto donde su madre le depiló las piernas por primera vez, con una cera que despedía un poco de olor a quemado.

Cuando comenzó a travestirse, el escándalo cambió la temperatura del pueblo. Claro, en ese pueblo siempre habían vivido atrasados veinte años respecto del resto del mundo. El futuro no había llegado. La gente miraba a esa familia como si estuviera maldita, como si fuera portadora de vientos aciagos. Si la madre entraba en un supermercado, guardaban silencio y no le hablaban. La hija, en el colegio, la pasaba mal todos los días. Ya nadie quería juntarse con ella para hacer trabajos prácticos, ya no podía ir a las clases de gimnasia porque todas las actividades eran en grupo y nadie la quería. Cuando sus compañeros se veían obligados a compartir con ella un espacio, directamente la ignoraban, hacían como si no existiera.

—No les hagas caso, hija —decía la madre cuando la encontraba llorando—. Son unos imbéciles. Son unos idiotas. Vos sos una luz en ese colegio.

A la persecución se sumaron las autoridades de la escuela, que llamaban al padre y a la madre cada dos por tres para interrogarlos sobre este nuevo caprichito del nene, este domingo siete con el que había salido. Atribuían su travestismo a la reciente separación de los padres, a la excesiva libertad con que su mamá lo había criado, a la indiferencia con que el papá tomaba todo asunto referido a su hijo.

—Ya lo decidió —dijo la madre a la directora del colegio—. Y yo la voy a apoyar en lo que sea. Es demasiado inteligente para equivocarse en una cosa como esta. Es la mejor alumna del colegio, ¿o no?

—Sí, pero los demás padres no van a aceptar una situación así.

—Mi hija se educa sola. A ella no le hace falta venir acá para aprender nada. Mi hija no necesita de ustedes. Pero ustedes sí necesitan de nuestro dinero.

Finalmente, como los hombres y las mujeres son animales de costumbre, encontraron la manera de vivir dentro del menor daño posible. Pero no todo el mundo tenía las mismas ganas de tolerar una degeneración como esa. Era un pueblo tranquilo como para tener que lidiar con una travesti. Entonces, los miembros más religiosos de la comarca comenzaron a organizar reuniones enfrente de la casa de la madre, con rosarios y plegarias para quitar el demonio que la actriz llevaba dentro. Si ella o su mamá salían a la calle, los fanáticos entonaban cantos en los que abundaban palabras como *aleluya, cordero, Dios, alma, perdida.* Y ellas no tenían más que callar, agachar la cabeza y seguir adelante.

Un día la hija lloraba en el mismo cuarto en el que ahora recuerda. La madre llamó a la puerta para pedirle ayuda con un sillón que debía correr y la encontró hecha un cristo. Con tanto dolor que tuvo miedo.

—¿Qué pasa, hija?

—Ahí están otra vez, me tienen cansada —respondió la actriz rebalsada del acoso—. Me tiraron agua bendita recién.

—Esto se termina hoy —determinó la madre y bajó las escaleras con unos pasos tan pesados que su hija temió que los escalones se desfondaran. Por la ventana veía a los religiosos, que llevaban cartulinas donde podía leerse:

NO QUEREMOS TRAVESTIS EN NTRO PUEBLO
LA SODOMÍA ENOJA A NTRO SEÑOR
ARREPIENTANCEN PECADORES

Escuchó que la puerta de la casa se abría y se asomó. La madre salió al encuentro de esa gente odiosa y gris, con una escopeta que su exmarido le había regalado para defenderse ahora que ya no vivía con él.

—Voy a contar hasta cinco. Uno, dos…

—¡Están viviendo en pecado! ¡Denle la mano a Dios, déjennos que los ayudemos!

—Tres, cuatro…

Las mujeres en trance místico comenzaron a caer en la realidad y nunca se supo si fue la mirada de la madre tan segura de sí misma o qué, pero empezaron a retroceder con miedo.

—Cinco —dijo la madre. Y disparó al cielo. En todo el pueblo retumbó el tiro. Los fanáticos huyeron. La madre cayó al suelo y soltó la escopeta y lloró un largo rato. La hija bajó las escaleras y la abrazó. Lloró también. Muchos años después entendería aquel privilegio.

La tarde comienza a formarse y la actriz siente la punzada de la ausencia de su hijo. Esas horas de soledad son todo lo que necesita para sentirse mejor. Va hasta el taller del carpintero, ronda entre sus cosas, recuerda el olor a lomo de caballo que tiene el novio de su madre, la manera torpe en que le hacía el amor. La torpeza heterosexual, dice ella, el desconocimiento de la práctica del sexo anal.

Cuando las gallinas en el corral se van a dormir, se escucha el auto del esposo. Ella ya ha preparado todo para regresar a lo del padre.

La madre los despide con cariño, un poco afligida por lo que pueda pasar en casa de su exmarido, les pide que ante la menor descortesía vuelvan a su casa, que no se queden ahí a pasarla mal. No parece haber rastro de la mujer que les dio la bienvenida hablando mal del padre, del hermano, del mundo entero.

Luego el niño la abraza y se dicen secretos al oído y se ríen. La actriz mira desolada los secretos de su madre con su hijo. El esposo la saluda con afecto. La hija piensa en el banquete que se dio la madre si su esposo, en el río, se quitó la remera y se quedó en malla.

—Charlamos muy poco, hija.

—Bueno, pero te fuiste al río con los tres niños.

—Sí, pero quería charlar con vos un poco más. Te extraño mucho.

Parten y dejan a la madre sola en el marco de la puerta. Les tira besos con las dos manos.

Vuelven a la casa del padre y ahí se encuentran con el panorama: su hermano ebrio frente al televisor gritando como loco por un partido de fútbol, la cuñada embarazada que recibe a la hija peinándola con violencia.

—Toda sucia, con olor a pescado, con la ropa mojada, mirá el pelo cómo lo tenés.

La niña con los ojos rojos por el dolor.

El padre de la actriz afuera, como un guardián del asado, custodia toda esa vaca muerta puesta en la parrilla para agasajar a sus hijos. El padre hace de cuenta que no pasó nada al mediodía, que nadie se ha peleado con nadie. Es un gran talento del padre, hacer de cuenta que nada pasa, que nada pasó, que nada pasará, vivir en una constante nada. Su ferocidad por defender esta nada es conmovedora.

La hija va hasta el departamento en busca de un abrigo y se encuentra con su cuñada torturando a la niña mientras le hace unas trenzas.

—Despacito, pobrecita, le estás tirando mucho el pelo.

—Es para que no se pegue piojos.

—Los chicos tienen piojos. No hay nada que hacer —responde la actriz. Acaricia a la niña y le pone en las manos una bolsa llena de golosinas.

El esposo ayuda al suegro a asar la carne. La actriz pone la mesa, los niños juegan, los perros del padre juegan con ellos. El padre a veces los regaña porque teme que se golpeen. Desde el interior de la casa se escuchan los gritos del hermano cuando uno de los equipos mete un gol.

La cuñada la busca y le pide disculpas por la ofensa hecha al mediodía, en voz muy baja, como si compartiera un secreto.

—Nunca quise agredir a tu hijo. ¿Cómo me creés capaz de una cosa así?

El hermano termina de ver el partido y va hasta su auto a poner música. Tan molesto, tan violento hasta último momento. Le piden que baje el volumen, pero él no hace caso, sigue con su música. El esposo pasa cerca de la actriz y le dice al oído:

—Tranquila, mañana volvemos. Mañana pasa.

Una vez que la música aturde, el hermano aprovecha que la actriz está en el departamento hablando por teléfono y entra. Cierra la puerta y se queda mirándola mientras ella discute con alguien sobre el horario de una entrevista. El hermano se pregunta cómo pudo llegar tan lejos en su carrera y en su vida. Y también se pregunta cómo es que la hermana soporta a su marido. Siempre la imaginó en pareja con tipos viriles, capaces de contener su ímpetu, su mal carácter. No entiende qué le gusta de él. Cuando ella termina de hablar por teléfono, le sonríe agotada, tiene bolsas bajo los ojos y la comisura de los labios detenida en una mueca triste.

—Estás muy linda.

—¿Por qué me decís eso?

—No sé, quería decírtelo hoy, pero soy un pelotudo.

Ella piensa que si se queda un segundo más delante de su hermano va a llorar y no quiere que la vea llorar. Se levanta y se dirige a la puerta. Él le cierra el paso. La abraza y la tumba en el suelo. Le hace cosquillas. La actriz se desespera y quiere quitárselo de encima, pero él es un tipo fuerte. Hace que se ahogue de risa mientras está encima de ella, entre sus piernas. Cuando se cansa de molestarla, se incorpora y se va. Ella se queda un momento en el piso recobrando la respiración.

La cena está bien. El padre hace buenos asados y el del mediodía dejó un regusto amargo. La cena es su reivindicación. El hermano tiene un par de comentarios desafortunados y hasta el padre se fastidia con él y le dice que no lo soporta más, que no sabe a quién ha salido tan pelotudo. La cuñada juega muy bien el papel de arrepentida. El esposo está cansado, su belleza se desvanece a esa hora y sin embargo irradia tranquilidad en una mesa familiar donde lo único que siente es rechazo. *Pobre mi maridito el huerfanito*, piensa la actriz. Debe aprender a no arrastrar a su esposo al quinto infierno de su familia, no exponerlo a eso. El esposo también está lleno de piedad por la actriz. Quisiera estar con ella y su hijo en el departamento, los tres en el sillón, o los tres en la cama. Pero no, están en la casa de su suegro, después de las agresiones.

El niño y la niña son el delirio de la noche. Cantan, cuentan historias, proezas hechas en los patios de la escuela, la niña imagina en voz alta los días con su futuro hermanito y recita el "Romance de la luna, luna" de García Lorca, gesticula, imita el acento español. Su tía, la actriz, le recuerda al oído los versos que olvida.

No sería una cena familiar si el padre, picado por el vino, no hablara de su perro. A veces, hacen chistes sobre el abuelo emocionado por un perro que tuvo y que amó más que a sus propios hijos. Con los dientes postizos nuevos, que no domina y que a veces se le caen.

—Cuando yo estaba triste, venía y me lamía la cara.

—¿Cómo se llamaba, abuelo? —pregunta el nieto.

—Malevo. Perro más fiel no ha nacido nunca.

Y comienza a narrar la leyenda de su perro que injustamente fue desterrado y enviado al campo por morder a un vecino.

—Parecía que quería decirme algo a veces —dice el padre y se emociona, en parte por el vino, en parte por los niños, en parte porque el hermano está ya dormido por la borrachera y no interfiere con su melancolía.

El esposo despierta de su letargo, pide disculpas, pero anuncia que se va a dormir. Quiere recoger los platos de la mesa, pero el padre se lo impide. Se va al departamento y ella le dice que ya va.

—Andá a dormir, papá. Ya es tarde. No descorchen más vinos. Esto parece un casino ilegal, entre el humo y las botellas vacías.

—Me termino el vaso y me voy, hija.

—Yo me llevo una botella a la cama —dice el hermano, que despierta de un salto.

La actriz lleva a los niños al baño y vigila que se cepillen bien los dientes. Luego los lleva al cuarto y abre muy poco la ventana para que entre la brisa de la noche. Antes de dejarlos solos, le da la medicación a su hijo, que rezonga. A veces, delante de su prima, no quiere tomar su pastilla, pero esta vez sí. Al regresar al comedor, se despide de su padre con un beso en la frente. Le avisa a su cuñada que se llevará a la niña a la ciudad, que está de vacaciones, que allá podrá ir al cine, al parque, jugar con los amigos del niño, que son muy divertidos.

—Sí, por supuesto, mientras me la cuides —responde la cuñada.

Los niños en el cuarto prenden la televisión a un volumen muy bajo. Los demás allí se quedan. El hermano ronca sobre la mesa y la cuñada devora los restos de las bandejas. Cuando la actriz se dirige al patio, el padre la alcanza, le tiembla un poco la piel del cuello; la hija se da cuenta en esa piel, ese cogote de pavo que de repente es el cuello de su padre, que el tiempo ha pasado sin hacer mucho entre ellos.

¿Y el padre qué? El padre tan trabajador, tan de medir a los demás por el tipo de esfuerzo que realizan en su trabajo, tan riguroso para los vínculos, ¿por qué nunca pudo acercarse a su hija? Incluso queriéndolo, ¿por qué retrocedía en el arresto de buscarla, de preguntarle algo, lo más sencillo, *qué te duele, qué te gusta, cómo te hice daño*, cosas que él quería saber como padre, cosas que él creía que debía saber de su hija, que eran importantes para mantener un hilo, por débil que fuera, con el espíritu de su hija? A veces pensaba que solo él podía ser padre de esa travesti que había salido de sí mismo. La travesti en la alfombra roja en Cannes, la travesti en la publicidad de un perfume en una gigantografía, la que cada tanto era tendencia en Twitter. ¿Cuánto del travestismo de su hija era un mensaje para él? ¿Cuánto de ese misterio le correspondía como padre, como autor incluso? ¿Qué había hecho él para que su hija transmutara un varón en una mujer? La recuerda internada, sin quejarse, diciendo *estoy bien, papá* para tranquilizarlo, para tranquilizar a su madre, que era en definitiva lo que había hecho durante toda su infancia. Dar pequeños calmantes a ese matrimonio destruido. Recordaba el dolor profundo, el terremoto en la voz de su hija, el día que él le dijo que no asistiría a su graduación. Cuánto le había dolido a ella su ausencia. Las traiciones, las heridas que fue pincelando poco a poco en el espíritu de su hija. Podría haber sido feliz con una hija como esa, loca, brava como los yuyales de su niñez, terca, fuerte. Podría haber envejecido alegremente sabiéndola en el mundo. Tan solo si ella hubiera sido una mujer desde su nacimiento.

Ahora, justo frente a ella, no sabe decir nada de esto y posiblemente nunca lo sepa.

—Ya te puse todas las verduras y las frutas en bolsas. Mañana las cargás en el auto. También te puse unos panes que amasé esta tarde.

—Gracias.

La actriz le da un beso y lo deja solo en su cocina.

La niña y el niño, en el cuarto que había sido de su madre, se envalentonan con las imágenes del televisor, una pareja que hace el amor en la parte trasera de un auto. También se excitan. Se aprietan muy fuerte el uno contra la otra, las pelvis entrechocan, se dan besos en la boca con los labios cerrados.

—Te amo —dice la niña.

—Yo también —contesta el niño entre el miedo y la vergüenza.

Al fondo, en el departamento, la actriz se encuentra con su esposo a punto de dormir y, después de todo ese día que ni siquiera había imaginado la noche anterior al volver del teatro y ver el chupón en su cuello, se desnuda, se pega a él y responde cuando él la busca para cogerla. Responde con disposición, con deseo, se ofrece por entera a él parándole el culo y dejándolo entrar sin preámbulos.

Afuera, fumándose un cigarrillo, el hermano la escucha gemir y escupe en la tierra su amargura.

Al día siguiente amanecen temprano. Los niños son los primeros en despertar. Luego despiertan los perros del padre. Luego el padre despierta con los ladridos de sus perros y por último los esposos. Ambos matrimonios. La radio suena antes que las voces. El padre hace mate cocido para agasajar a sus nietos. Les enseña a picar el pan dentro de la taza y comerlo embebido de mate cocido, tal como lo hizo él cuando fue niño.

—Qué rico que está, abuelo, qué rico —dice el nieto.

La cuñada despierta con náuseas y es agresiva con su esposo, el hermano de la actriz, que por supuesto se despierta apremiado por la calentura. Intenta cogerla de la manera que sea, bajo los artificios que sean. Ahora que su esposa está embarazada, a él se le ha dado por tener solo sexo anal. Es el único modo en que se excita y logra una erección. Luego, su vida sexual está muy afectada por su alcoholismo y su dependencia a la cocaína, y su mujer puede vivir con eso. Aguanta por ahora, porque está embarazada.

El camino de regreso. La ruta en medio de los sembradíos de soja. Entre los establecimientos de *feedlot* y los puestitos de charcutería.

Los niños en los asientos de atrás están tranquilos. La prima acaricia la espalda del niño con mucho amor, por temor a que su primo vomite.

—¿Estás bien? ¿Te sentís bien?

Se detienen en un mirador a estirar las piernas y comprar unas gaseosas. Mientras paga en el mostrador, la actriz piensa en su padre, en lo solo que estaría si ella decidiera alejarse para siempre de él, si alguna vez corta esos lazos que la mantienen cerca. Sabe que su hermano es incapaz de resolver las trampas que va tendiéndole la vejez. Su esposo juega con los niños y ella intenta acceder a algún recuerdo bonito con el padre.

Los gritos de su hijo y su sobrina la extraen de esa búsqueda infructuosa. No encuentra recuerdos agradables con su papá.

Los niños ya están cansados de tanto juego. Ella está cansada de los juegos de los niños.

Llegan al departamento. Los niños como un tropel corren al cuarto. Ella y el esposo descargan todo el viaje. Ponen en la heladera la comida que trajeron de la casa del padre.

—Me meto a la ducha y después improviso algo para la cena —propone el esposo.

—No, está bien. Andá a bañarte que yo me ocupo. Es temprano.

El esposo se acerca con intención de besarla en la boca, pero ella lo esquiva.

—Tengo mal aliento, perdón.

—No me importa eso. Además, no tenés mal aliento —replica el esposo.

—Pero a mí sí me importa. Voy a hacer unas tartas de verduras así cocinamos todo eso, que la verdura orgánica se echa a perder muy rápido.

Se desviste mientras el esposo está en la ducha, se mira en el espejo y nota con desagrado la blandura de la carne del vientre. En efecto, el moretón verdoso en su cadera, el moretón que lamió su director como si fuera la última travesti de la tierra. Se pone un vestido de algodón y regresa a la cocina, el territorio del esposo. Ese lugar que el esposo le arrebató a los pocos meses de mudarse a su casa.

Ella pica las verduras, las saltea en el wok, prende el horno, hace la masa para sus tartas. El departamento se calienta de repente, así que el esposo, al salir de la ducha apenas cubierto con una toalla en la cintura, prende el aire acondicionado y le reclama que no fue una buena idea encender el horno con este calor. Los niños aparecen en malla y corren de un lado a otro. Las risas, los gritos, las cosas que tumban en su carrera, el calor del departamento, el esposo sentado frente a su Mac revisando los correos del fin de semana, los mensajes de sus eventuales amantes que se decepcionaron por su ausencia. Ella intenta cocinar lo más decentemente posible, como para superar una prueba, puesto que el esposo se atribuye la hegemonía del buen sabor, de la fantochada gourmet, con la supremacía de su paladar internacional. Lo que ella cocina siempre tiene una falta. La falta de su clase, la falta de ser hija de un simple agricultor y de una tarotista.

La sobrina se golpea en los juegos con su hijo y debe auxiliarla, con el corazón en la boca, otra vez, por la vida de los niños. Por fortuna no es nada, pero le sirve de excusa para pedirles que por favor jueguen más despacio, que le duele la cabeza, que no pueden jugar de ese modo.

—No estamos en el campo —agrega.

—Qué novedad —responde el hijo con cinismo.

Ella piensa que, si fuera posible, le cruzaría la cara de una cachetada por esa insolencia.

Una vez que las tartas están en el horno, pone la mesa en la cocina. El marido aparece y le dice que es mejor cenar en el balcón, que adentro hace demasiado calor para comer. Entonces ella tiene que levantar todo e ir al balcón a rearmar la mesa.

—Nos van a comer los mosquitos —dice ella al pasar con los platos y la jarra con limonada para los niños.

—Ponete repelente —responde el esposo.

—Sí, me encanta comer con ese olor en la piel.

Una vez mudada la mesa al balcón y ya muy molesta con su esposo, con los niños que la aturden, con su panza fofa, va a su cuarto y cierra la puerta mientras espera unos minutos a que se termine de hornear la cena que ha preparado para su familia. Se tira en la cama unos minutos. Cierra los ojos un momento y escucha pasos que se acercan por el pasillo. *Que no venga, que no venga, que no venga.* Golpean la puerta.

—Mamá, ¿a qué hora va a estar la comida? Tengo hambre.

—En un rato —responde ella, seca y breve.

Al momento otra vez, golpean la puerta.

—¿Estás bien? —pregunta el esposo—. ¿Querés que mire las tartas?

—No. Ya voy.

Sale de la habitación con un cansancio y un mal humor de esos que le dan muchísima culpa. ¡Ay! La culpa que experimenta por estar de mal humor delante del cínico de su hijo y el burgués de su marido. Para calmarse, va a poner música y les advierte:

—Voy a poner música y quiero escucharla, así que tratemos de no gritar, ¿puede ser? Quiero cenar tranquila.

Los niños deben esperar para comer porque las tartas están muy calientes. Ni soplando cada bocado pueden masticarlas. El esposo, de esa situación, hace un mundo.

—Deberías haber previsto que la tarta estaría muy caliente o la hubieras cortado antes, así se enfriaba. Ahora los chicos tienen que esperar y están muertos de hambre.

Los mosquitos le comen las piernas solo a ella. Ni el niño ni su prima ni su esposo parecen advertir a los mosquitos, pero ella es devorada. Se pega chirlos en las piernas, chas, chas, no para de hacerlo para espantar a los mosquitos. Sirve la limonada y el niño se queja de que está agria. La niña se apiada de su tía y le dice que así está muy rica, que nunca había tomado limonada con menta y que le encanta. La actriz sonríe por no llorar.

—Voy a contestar unos mails —dice ella.

Y los deja solos con sus mañas y sus reclamos. Al entrar al living, cierra la ventana de cristal que separa el balcón del resto de la casa y los deja encerrados afuera. Qué placer experimenta entonces al no oír lo que dicen. Va al baño a buscar repelente para mosquitos y se frota entera con ese ungüento amargo, también para repeler al esposo en caso de urgencias nocturnas. Es muy probable, si pasó todo un fin de semana sin verse con su chiche venezolano. Con el putito ese.

Encuentra en el celular al menos treinta llamadas perdidas de su padre y muchos mensajes de voz, y llamadas también de su hermano.

Llama por teléfono al padre y lo encuentra llorando desde el otro lado. Le cuesta mucho hablar. Alcanza a decirle:

—Tu madre, tu madre, hija. —Traga saliva. Intenta calmar al padre para saber qué pasa.

—A tu madre le dio un ACV.

—¿Dónde está?

—Estamos en el hospital de acá del pueblo.

La actriz corta el teléfono y mira hacia afuera, hacia el balcón. El mundo continúa. La noche es la noche. La ciudad no ha perdido ni una sola luz, ni un solo secreto, ni un ápice de esplendor se ha ido todavía. El mundo sigue seco, la gente muere de hambre, las travestis la juzgan. Los niños juegan con la comida, el esposo finge ser el mejor padre del mundo.

Ella no sabe cómo reaccionar. La noticia todavía no ha llegado a la región de su cuerpo donde debe doler. Es apenas una confusión, como después de un golpe inesperado, como cuando se corta la electricidad.

Como cuando la atacaron en el río.

Métodos para un duelo

Ya en casa de su madre, toda esa familia rota se reencuentra como aquella vez en que casi la violan y la matan. Han regresado al pueblo esa misma noche, casi con lo puesto, apenas algunas cosas que ella atinó a guardar, documentos, llaves, abrigos para los niños. El esposo nota que la actriz se ha encerrado en sí misma, es inútil cualquier acercamiento. Va muda a su lado en el automóvil, está muda mientras el doctor le explica lo que ha pasado. Se mantiene muda cuando el niño la busca para ser consolado. Muda delante del padre, que entre sollozos de niño le reclama su parte de responsabilidad en todo esto, que es natural que su madre muera de esa forma teniendo una hija así, como ella. Aprovecha la muerte para echarle en cara su rencor. La actriz no responde. No dice ni una palabra cuando se reencuentra con el carpintero, el amante de su madre, al que ella misma le avisó por teléfono, segura de que nadie lo haría. Él le dice lo mucho que lo lamenta y la abraza, le pone su cuerpo forjado entre las maderas muy contra el suyo.

—Retirate, por favor, es un asunto de familia este —dice el padre.

Y como si eso no bastara, el abogado, también en la ola de los celos, redunda:

—Exacto, un asunto familiar.

El carpintero se retira amable, humilde, después de abrazarla otra vez. Luego llega la hora de guardar silencio ante el escándalo de la cuñada, que llora como si fuera su madre la que ha muerto. Viene con el rostro bañado en mocos y lágrimas y la abraza con una fuerza desmesurada. Toma a su hija de la mano y la acerca hacia ella torpe, bruta. El hermano se acerca y le dice *mi más sentido pésame*. Ella no solo guarda silencio, sino que además contiene la risa que el comentario le provoca.

Con su madre siempre reían en los velorios, tenían que irse de los velorios por la risa que les daba.

El padre está desolado. El niño llora en la falda del esposo. Entonces ella no quiere más. Los abandona. No quiere hablar de la logística de la muerte, no quiere discutir si la velarán o no, si la enterrarán o la cremarán o en qué sitio tirarán sus cenizas. Sale por la puerta sin saber a dónde ir, pero se dirige directamente al taller, abre la puerta sin golpear y encuentra al carpintero frente a una botella de cerveza, desnudo, con la mirada perdida. Ella se agacha, toma su pene entre las manos y comienza a lamerlo hasta que se pone duro y rojo. No se detiene hasta sentir todo el semen chocar contra su paladar.

Epílogo

El estudio de grabación es caluroso. Hay mucha luz para disimular las arrugas en el rostro de la conductora. Una enorme pantalla de tres metros de alto por seis de largo tiñe de rojo el espacio. Una cabellera muy rubia, como de albina, enceguece aún más. Las malas lenguas dicen que fabrica sus pelucas con pelo de albinas. Un sillón de los Hermanos Campana contrasta con la mesa ratona común y corriente con que intentaron dar apariencia de living a la escenografía. No se puede quitar esa pátina de mal gusto que dejaron los noventa en la televisión del país. La actriz se fumó un porro entero antes de la entrevista y tomó un par de rayas de cocaína. También se bebió sin respirar una petaca con el whisky escocés de su esposo. Tiene puesto un vestido rosa viejo, el escote es provocador, unos zapatos amarillos que usa para molestar a los supersticiosos. Lleva el pelo batido, como una actriz de los años sesenta, una chica Bond.

La voz humana, Tina Turner, Whitney Houston, el sildenafil. Todos salvaron mi pareja, menos yo.

La conductora no la entiende, es evidente que esperaba otra cosa de ella, tal vez otro tipo de humor.

Está desconcertada. La entrevista es un gran *hablar otro idioma*, sin un solo acierto.

El vestido de satén de la actriz tiene una mancha de café en el pecho.

—Voy a aclarar algo para que se relajen —dice la actriz mirando a cámara, sus ojos enrojecidos—. Sí, manché mi vestido con café.

—¿Y no tenías otro para ponerte? —La conductora frunce el ceño, muy nerviosa.

—Sí, pero yo quería ponerme este.

Una zorrita rojiza la mira por entre las piernas de un cámara que no puede dejar de comerle el escote con los ojos. La actriz la descubre en el estudio de televisión, entre tanta gente. ¿Cómo llegó a pasar desapercibida para estar ahí? La pantalla gigante reproduce la imagen de la gráfica de *La voz humana*. La actriz mira la pantalla, siente un gusto extraño en la boca, como si le sangrara una encía. Luego un olor, el mismo olor del pis de su hijo, y cuando gira para buscar a la zorrita, ya no está.

La conductora se pone seria cuando pregunta sobre su hijo. La actriz se emociona al hablar de él.

—Dibuja y pinta muy bien. Y aprendió muchas cosas de golpe. Pero no hay que obligar a la obviedad, creo yo, no me pueden obligar a ser cursi.

Había sido clara:

—No quiero hablar sobre la salud de mi hijo.

—¿Por qué? ¿No creés que podría ayudar a otra gente? —le respondió la productora tenaz y torpe que la llamó por teléfono para invitarla al programa.

—No lo sé, pero no es mi responsabilidad.

Fue un revuelo en la producción, nunca nadie había tenido esa valentía. Nadie jamás había puesto condiciones para ir al show. Los entrevistados iban y hablaban de lo que la conductora quería. Pero la actriz no. A ella la entrevista le importaba muy poco. Los más interesados eran el director y su representante.

La charla va y viene por el camino de los lugares comunes. El peor de los caminos, hay que escribir eso.

—¿Cómo se sobrevive a una violación?

—¿A vos nunca te violaron?

—Bueno, no estamos hablando de mí. Yo soy la entrevistadora, la gente no quiere saber nada de mí.

—Por supuesto. La gente sabe... pero ¿por qué pensás que quieren saber eso de mí?

—Sos tan fuerte, tenés tanta fuerza.

—¡Pero nos han violado a todas! No quedó una sin violar. No soy especial para nada.

Son apenas unos segundos de silencio. Pero es la primera vez que la conductora no tiene nada para decir.

—¿Por qué no tenemos la dicha de verte más en el cine?

—Porque odio el cine. Odio estar al servicio de una cámara. Odio estar al servicio de un foco. Yo aprendí a actuar con Paco Giménez, hice pis en un escenario. El cine es para pagar una entrada, estar rodeada de silencio, con muy buen sonido...

Hace una pausa, apenas el instante de silencio que puede permitirse la televisión, y agrega:

—No es para actuarlo. Además, las actrices de cine son muy pobres...

—Ni hablar de las actrices de teatro. Sos toda una excepción.

Risas. La conductora se ríe nerviosa y un párpado le tiembla fuera de sí.

—La producción tiene una sorpresa para vos. Espero que te guste.

El esposo entra al estudio con su hijo de la mano. Su esposo es más bello que todos los galanes con los que ha trabajado hasta ahora.

—Te quiero, con el pensamiento y el corazón. Te amamos —le dice el esposo al abrazarla. Nadie escucha, solo ella.

Detrás de cámara la gente aclama.

Ahora es inútil defenderse. No sirve de nada recordar que se necesitaba mucho menos que esto.

El hijo asoma por detrás de su papá tirándole besos.

Qué clase de cursilería es esa. Cómo el abogado, con quien comparte su desprecio por el modo en que aman y dicen amar los demás, se atreve a hacer algo así en uno de los programas de entrevistas más vistos de Latinoamérica. Cómo puede exponer a su hijo a los *haters*, a los comentarios en las redes sociales y en los medios donde replicarían que por primera vez habían visto a su hijo seropositivo adoptado.

¿No escuchás que tu hijo te llama? ¿No sabés que tu hijo tiene fiebre? ¿Por qué venís a dormir a este sillón en vez de dormir conmigo? ¿Por qué llegás a esta hora del ensayo? ¿Por qué tenés que irte de viaje justo cuando tengo este caso? ¿Quién te dejó hacer esa escena? ¿Te estuviste peleando otra vez? Son las preguntas que se escuchan desde hace años en mi casa.

Ocho millones de latinoamericanos están mirando el programa en vivo en este mismo momento. Para verla a ella, para tener de qué hablar después.

La actriz observa a la conductora. Busca complicidad con la gente detrás de cámara. Sonríe. Retoma el dominio de sí misma y se pone a hablar de lo que fue a hablar. De *La voz humana*, de Jean Cocteau. De la muerte de su madre, como al pasar. Su esposo no suelta su mano, no entiende por qué la tiene tomada así. Pero sobre todo habla de ella misma. Tuvo tantas negativas durante la entrevista, le llevó la contra tantas veces a la pope televisiva, que siente miedo de lo que puedan estar diciendo de ella en las redes sociales, justo en ese momento.

El hermano, el padre, a los gritos frente al televisor: *¡Para qué fue si no va a ser amable!*

Es la primera vez que la entrevista esta mujer. Lleva años negándose. Pero ahí está sin saber por qué. Dirán: ocurrente, espontánea, arrogante. Su madre hubiera dicho: adorable. La actriz lo sabe. La única cómplice en todo ese asunto hubiera sido su madre, que ahora está muerta, convertida en cenizas, en una caja de madera en la casa que fue suya.

No era tan necesario venir. No sabe hacer preguntas. Para qué me expuse.

Por el dinero, le responde alguien desde su propio infierno.

Ahí, en el estudio, mientras recibe el parloteo de la conductora que la aguijonea con su agresividad sonriente, el hijo aprieta su mano llenándola de una tibieza que la asquea. Su marido sonríe, posa para la cámara, se hace amar por los espectadores con ese perfil suyo y esos ojitos de neblina. Y ella reconoce: es verdad que no supo romper las cadenas de ninguna esclavitud, que no supo incendiar a ningún dios. También es cierto que eligió el silencio de entre todos los privilegios que conquistó con avaricia, incluso traicionando una experiencia como la suya. Sin embargo, está lejos de la culpa. Sabe que hay actrices que se suicidaron, que terminaron lobotomizadas como Frances Farmer, sabe que hay actrices olvidadas, internadas en psiquiátricos o hundidas en la miseria. Sabe que la estupidez nunca es gratuita. Que la vida, el dolor y la felicidad no son tan importantes. Que hay mejores relatos. Mejores papeles que interpretar. No el de la madre que soporta la mano húmeda de su hijo apretándola, encadenándola a la ternura. No el de una travesti casada con un tipo que la aburre y asfixia intentando domesticarla. Dio su espectáculo con amabilidad y las luces se retiraron. Solo queda su abulia que se escucha igual que los aplausos a los que ya se acostumbró, un rumor lejano. No se juzga, como siempre lo hizo con el rigor de quien compite por un trofeo de nada.

La despiden. No entiende por qué ovacionan tanto. Su esposo murmura algo que no escucha. Comienza a sangrarle la nariz.

Al salir del estudio la siguen su esposo y su hijo, cazándola.

La productora del programa le sale al paso y la abraza.

—Salió divina la nota. ¿Te sentiste cómoda?

La actriz la aparta con un gesto poco cortés y va por los pasillos de regreso al camarín tanteando las paredes. Gana velocidad a pesar de su agonía para dejar atrás a su familia. Las piernas, el corazón, su travestismo, su familia, todo le pesa entonces como nunca le había pesado. Y ser huérfana también.

Llora y sangra, porque no puede hacer otra cosa. Parece un animal que deja rastros de sangre sobre las alfombras berretas del canal. El vestido, las joyas, los zapatos, el pelo batido como una chica Bond, todo empapado de sangre.

La actriz, en el camarín, sufre sin poder contener la hemorragia. Afuera otros productores golpean la puerta con insistencia, también su asistente, la travesti que es un amor, con la sangre al cuello. Los gritos ya no se oyen. Los remplaza un quejido, un acople de micrófonos. Ella no sabe quién es y experimenta, por primera vez en mucho tiempo, algo parecido a la paz.

La cubre la sangre y todo se vuelve rojo. Una ceguera roja.

Pagó hasta el último gesto de su vida. Las pasiones por las que enfermó, las estrías que dejó en la vida de quienes la quisieron. Pagó cada triunfo. Cada instante de alegría. El olor de su hijo. El cuerpo del esposo rendido de amor. La frivolidad de los últimos años. Cuánta tranquilidad siente al recordar que no tiene deudas. Es cuestión de economía el irse sin deber nada a nadie.

No se puede morir con elegancia en este país.

Índice